# 细雨霏霏

田小川 著

中国国际广播出版社

**图书在版编目（CIP）数据**

细雨霏霏 / 田小川著 .—北京：中国国际广播出版社，2017. 9

ISBN 978—7—5078—4081—0

Ⅰ . ①细… Ⅱ . ①田… Ⅲ . ①诗集—中国—当代
Ⅳ . ① I227

中国版本图书馆 CIP 数据核字（2017）第 205957 号

**细雨霏霏**

| | |
|---|---|
| 著　　者 | 田小川 |
| 责任编辑 | 郭　广 |
| 装帧设计 | 彭明军 |
| 责任校对 | 有　森 |
| 出版发行 | 中国国际广播出版社［010-83139469　010-83139489（传真）］ |
| 社　　址 | 北京市西城区天宁寺前街 2 号北院 A 座一层 |
| | 邮编：100055 |
| 网　　址 | www.chirp.com.cn |
| 经　　销 | 新华书店 |
| 印　　刷 | 廊坊市海涛印刷有限公司 |
| 开　　本 | 880 × 1230　1/32 |
| 字　　数 | 170 千字 |
| 印　　张 | 8.25 |
| 版　　次 | 2017 年 9 月　北京第 1 版 |
| 印　　次 | 2017 年 9 月　第 1 次印刷 |
| 定　　价 | 32.00 元 |

CRI 中国国际广播出版社 欢迎关注本社新浪官方微博 官方网站 www.chirp.cn

# 目录

# 序 在雨的世界享受水的温柔诗的甜美

给诗集命名，很伤神。

好友建议：要抽象而不要具象。我看了这个集子里所有的诗名，还真没有一首名字完全可以界定为抽象的。冥冥苦思，原来这抽象是在具象之中啊！如此，诗集的名字就不难了，用《细雨霏霏》。虽集子里无此诗名，但集子里有不少诗歌是写雨的，这名兼抽象和具象，具象中有抽象，抽象中有具象，用之即可。

细雨让人产生足够遐想：有湿润的天空，有柔和的大地；有轻袅的薄雾，有贵洁的窗棂；有眺望和静思；有佛性和禅意；动中有静，静中有动……多美！在雨的世界里享受水的温柔，在水的世界里享受诗歌的甜美。

这些零散的诗歌如何排序？既然零散，那就由它。这个世界很多东西何尝又不是零散中见规律呢？质子中子不是在“乱串”吗？没有谁说它无序。顺其自然编排，让读者任意撷取其中的一首或几首或全部去读，自由而读，率性而读，在快捷时代这本身就是一种省时的美、惬意的美，给累了的人们诗意享受。自由是造物主给人类馈赠的宝贵礼物，不人为给诗集羁绊和约束，不给读诗歌的人们羁绊和约束，这是一本诗集应有的天性，让诗歌给人的美，如诗意般在天地间自由流淌，滋养一切喜欢诗歌的人们；让诗歌回归到每一位普通人，回归到自然的现实生活，回归到你、我、他的生活和生命之中。

除诗歌《哑女》写于20世纪90年代修改于今年外，其余均是这半年左右时间的作品。是在不惑之年学摆脱、学解脱写下的东西。或许以下的诗句并未让人摆脱，解脱，但我把这些热烈的文字放到最开头的话里，想来别有一番苦中的甜，甜里的苦：

不分昼夜地画着 / 抵不过雨的声音，雨的味道 / 静默窗前，时空凝滞 / 凭相思化雨，洞穿心底 / 红尘万丈 / 脱不过雨的欢愉，雨的悲伤 / 心念般若，望暮烟雨 / 此心不动，岁月无殇

人生何尝不是如此呢？在摆脱中不摆脱，在解脱中不解脱；在不摆脱中摆脱，在不解脱中解脱。这是一种生命的意志力和耐力，这是一种性格的韧性和持续，这是一种人格的超凡和脱俗，这是一种生活的幸福和甜美！当然，既然有这意志力和耐力、韧性和持续、超凡和脱俗、幸福和甜美，就把它们，还有世界里充斥着的灵

性和诗意，献给喜欢诗歌的人，献给喜欢细雨的人；献给诗神，献给爱神。

数据时代，天地之间，让我们从沐浴风雨开始，从享受诗歌开始，从欣赏和阅读开始。让我们一起回归自然，一起直抵诗意。

田小川

2017 年 7 月 17 日

## ·雨神

1

谁把天门打开
谁把眼泪种在
世人的心里

喜极而泣
悲极而泣

上天赐予了人们喜
同样给人们悲
上天让人们悲
会给人们喜

2

一切生命
有声的，无声的
有形的，无形的
方的、圆的，大的、小的
胖的、瘦的，高的、矮的
飞的、走的，爬的、游的
把自己的喜和悲
都回馈给天地

雨神
你是生灵之神

你在水里，你在沟中
你在壳里，你在蕊上
你在坚果之内
你在树叶筋脊之外
你在天空中，你在海底里
你无处不在，你无所不在

你在我的心中
你在爱人的眼睛里

3
你说，你爱雨
你化有形于无形
你化有声于无声
你就是雨，雨就是你

你一闭着眼睛
心空就下起了雨
你一睁开双眼
你的世界雨过天晴

4
还是要问

是谁打开的天门？
是谁将你引入人间？
是谁把你种在人心？
是谁让你笼着薄雾？
是谁赠予你彩虹？
是谁赋予你灵性？
闭上眼睛，闭上你的大眼睛
先回答我的问题

是诗神缪斯？
还是爱神维纳斯？
是谁把爱情赐予了生灵
是谁把诗歌赐予了生灵

5
在皑皑雪山
在高高峰顶
洁白雪莲是雨神的精灵
剔透雪花和寒冷的空气
高不可攀，无法逾越

那是精神家园
那是思想领地

雪鹰飞越天空
它的翅膀划着弧形

6

雨神
在夹缝之内，汇成点滴
在燥热之外，聚为甘洌

把原始的故事，汇成文明
把传说聚为叙事长诗

把爱情，汇成深情的对唱
把神话，聚为佛塔

把思念，汇成一尊
苦苦等待的巨石

7

雨神啊
你为何要在大地上匍匐前行
在雪山顶上
飞越九天

在雪山顶上
超于尘埃

为何要从雪山流淌而下
把点滴汇成小溪
把小溪汇成江河

把江河汇成湖海
把湖海汇成浩淼
在浩淼中回归空灵

8
叶面和叶背有多远
水珠与天空之间有多远
沟壑与马蹄有多远
高山和低谷有多远
岸堤和河心有多远
迅猛和迟缓有多远
点滴和浩淼有多远
荒凉和繁华有多远

它们，近在咫尺
它们，远隔万年

9
睏了，打个盹
倦了，养会儿神

一路奔跑
一路劳顿

疲惫不堪使人恍惚
精力充沛叫人精明

10

雨神，用细小雨滴
把历史滴答滴答地敲打成时间碎片
把历史割裂成一个个故事和事件的链接
把历史诉说成一个个英雄人物
在骷髅上贴着标签显示风光伟绩

雨神，用细小雨滴
把人生滴答滴答地敲打成几句忌语：
少年忌色
中年忌争
老年忌得

11

雨神，消弭一切欲望
在欲望过头的时候

12

在冥冥之中
在原野里
在黑暗的夜
在光明的昼
在童趣中
在歌谣里

雨神，化无声为有声

化嘈杂为静谧

13

接着下，接着下

淹没九州，把大禹的智慧下出来

把原始的禅让制下成世袭制

把封建王朝下成了家天下

14

雨，在下

沿着历史一直在下

下成一条流淌的河

沿着时间淌向未来

15

这雨，下着

淋在刀剑之上

中国军人的血性

从未磨灭

越王勾践夺回了自己的天下

又把自己交给了天下

那把复仇的剑，锈迹斑斑

割不动疯长的野草

也割不动历史的分分合合，恩恩怨怨

16

这雨，下着
淋湿了文字

陶渊明因雨而离家
豆苗因雨而狂长
你因雨而郁闷愁怅
南山为此溪流纵横

在所有文字里
生僻字被淘汰
常用字成了口头禅
史官，把文字组合成
纪传体和编年体

雨
淋湿了杜甫的茅屋
淋湿了辛弃疾的悲戚
淋湿了岳飞的满江红
淋湿了戊戌六君子的断头
淋湿了鲁迅的杂文
淋湿了守卫边陲的铁血军人

17

这雨，下着
淋湿了唐明皇西去的路

淋湿了马槐坡吊死的美人
淋湿了陈圆圆出家的庵
淋湿了明清的禁毁小说

18
云淡秋树
风清鸦寒

这雨，下着
淋湿了大清王朝
乾隆皇帝在位的所有日子
陪着他下江南
陪着他成就康乾盛世
陪着他由一个普通生命成为皇子
成为帝王成为太上皇

这雨，淋湿帝王和草民的坟堆后
把和珅的圆滑和贪婪一起淋湿
该抄家的抄家
该砍头的砍头

19
这雨，下着
一直下着
只要时间的轮子不停

这雨就一直会下，一直要下
枭雄蒋介石炸黄河延缓日寇南下时
心痛了不想下
江山、民族和雨一起悲愤
江山、民族和雨一起哽咽

20

这雨，这毛毛细雨
给正义让路
给复兴出力
给战士提神
我们的国土
寸土不让
一切来犯之敌必将丧命

21

雨神
把念念有词交给巫术
把智慧
交给蓍草和虔诚
把自己交给八卦
与自己合
自己与天地山风雷泽合
与万物合
与显性和隐性合
生成天地万物之灵

22
雨神
把自己化为无形

化在苍天之上
化在厚土之下

让枯萎吐绿
让树干长青
让骨朵绽放
让莲花载佛
让寺庙钟响
让群山缭绕
让露珠亲草
让雪地结凌
让沙丘起伏
让大河咆哮

23
这雨，在下
从大地的南边下到北边
从大地的西边下到东边
从江河的源头下到海口

这雨，在下
从物质下到精神

从空灵下到飘渺
这雨，在下
充满着军人的血性和忠诚

24
这雨，在下
滴答滴答地下

湿润了眼眶
湿润了秀发
湿润了脸庞
湿润了脚跟
湿润了头顶

这雨，下着
淋湿了一个人
湿润了一个世界

25
这雨，下着
以倾盆的方式下
以悠缓的方式下

瓢泼着下
诗意般下
肆意而为

纵情洒脱

像莫扎特的狂放
像贝多芬的悲伤

26
这雨，热烈如达坂城的石头
这雨，甜蜜似哈密的瓜
这雨，洁白如洞朗地区高高的雪山
这雨，质朴纯厚如藏南地区广阔的土地

27
这雨，在春天里下
催出桃花
催出迎春花

催出梨花似雨
催出子规滴血

这雨，贵如油
在春天里下
给了干瘪瘪的种子信心
长出了新芽

28
这雨，在夏天里下

雨打芭蕉珠散落
荷舞浅湖情窦开
桃熟梅红李子青
月上柳梢群山伏

这雨，在夏天里下
在太阳当空时下成太阳雨

每一道彩虹都会
分解出赤橙黄绿青蓝紫
分解出画作需要的颜色
由你撷取
任你支配

29
这雨
在秋天里下

庄稼黄熟
汗渍满头
盐斑浸裳

每一次劳动都是一首歌
每一个劳动场景
都是最美的造型

秋风秋雨
在秋意中
淅淅沥沥

世事在变
老百姓靠天吃饭不变
靠庄稼吃饭不变
靠大地吃饭不变
“晚上下雨白天晴，
一人种来养十人”

30
这雨，在冬天里下
下成了一片洁白世界

下成了一句古诗
“孤舟蓑笠翁，独钓寒江雪”

梅花的骨气
在冬天里，不畏严寒
尽情舒展

31
这雨
沿着时间一起下

伴着我们
从相识
到渐渐老去

## ·落花雨

天空里的小精灵
圆满透明，清秀滑顺

穿过了绵绵柔风，穿过了氤氲诗意
滴落在暖呼呼的六月

阳台上的大礼菊
在立夏，蓄着销骨的心事
等待着她心空里的雨

残忍的落花雨啊
经过开放的花瓣时
花和雨，雨和花
相遇着，裹挟着
接受着所有的痛和疼

花梗撕裂，花容憔悴
雨，经历了花开的雨
心满意足，继续滴落
雨，散落满地
花，禅意残存

## · 水中芙蓉

水波粼粼，暖和的阳光
照射在水面上，一闪一闪的
轻抚着你如水的肌肤

微风稀稀，你在水中轻摇舞姿
浮在水面的花朵是你的笑容
藏于泥里的根，为你接着地气

绿树，小河，藤蔓，古凳
布满了相思
这些都是好伙伴好闺蜜
它们伏在夏季
除了飞鸟带走流言
除了风刮走蜚语

你在水中游弋
游弋成水中的芙蓉

有绽开的花
有束紧的蕾

## ·连夜雨

端午节过后，这雨
多愁善感起来

天空为之湿漉漉的
没有爱的天空干涩涩的

连夜雨，在窗外下着
雨积少成多，积跬步至千里

雨
把自己下成了连夜雨
下成了连地雨
下成了连心雨

你走到哪里
雨滴下到哪里

连夜雨，扯心揪肝
一地疼，两地疼
无论走到再遥远地方
这雨，都湿着我和你

## · 画莲花

铺开宣纸
进行精妙构思

调适一切色彩
尝试着，进行了所有努力
把所有的技法都用上了
在画笔之下，宣纸之上
难及，那风那雨

微风轻起
吹皱了画中的水
细雨霏霏
摇曳了莲叶

一只蜻蜓立在画中
没被惊飞
晃动了满塘蛙鸣

## ·变

还有什么比这跑得更快
乌龟和兔子，闪电和雷鸣
海啸和沙滩，蜗牛和激荡音乐
云南的葫芦丝到西班牙大提琴

是谁在变，谁把时间按着暂停？
一切都没有前进，万物皆已停滞
童年和少年还在哗哗流水里
还在青苔摆动的蝌蚪旁
还在破撮箕口处
想把这一切留着
可滑石仍在，流水已去

还没有从少年走到老年
头发已从青丝渐成雪
青青的胡须已长出白茬

## · 每一天醒来

每一天醒来，从爱你开始
我的翠鸟，在翠绿的林间鸣叫
歌声清脆，穿透欲滴的夏季

每一天醒来，从爱你开始
我的晨曦，你在黑黛色的远山里
手持光明，挣脱夜的束缚照亮黎明

每一天醒来，从爱你开始
我的雨滴，你在遥远的苍茫云海
放弃了天庭，滴落入高原乡村

每一天醒来，从爱你开始
我的青荷，你抖动荷叶上水珠
舒展身姿轻绽花蕾，不顾裂疼

每一天醒来，从爱你开始
我的阳光，你绕过遮拦，普洒明媚
给每一个人馈赠下好心情

每一天醒来，从爱你开始
我的清晨，你从睡眠走来，整束衣装
迈开轻快的脚步，走向新的征程

## · 乌云

用线条分割着天空
或明，或暗
把白色交给更高远
用阴暗凝聚成墨黑
在这墨黑之上
真不知道还会有什么

在乌云之下
偶尔会有几只鸟飞过
沉重的翅膀
试着飞越高空，飞向远方
试了几下，还是没有成功
找个树丫或巢，歇下来

天空中，风
要么把乌云吹散
要么将乌云聚拢
看看那云团的边缘
总有一些零散的云缕
不规则地依附在周围

风吹或不吹
面对黑压压的乌云

远山选择了沉默
轮廓不再清晰而是模糊起来
乌云笼罩着的天空
白昼
黑着乌云的黑
夜晚
乌云，黑着夜的黑
夜，黑着乌云的黑

光有雷声是不够的
只有闪电，剧烈的闪电
才知道乌云的
心事

## · 江南油伞

撑开炎热的夏天
在红油伞纸与大地之间
妙曼的身段，婀娜多姿
移动的，是流走的风景

撑开多雨的夏天
在蓝油伞纸与天空之间
雨珠混滴，思念蒙蒙
空旷的，是惬意的风景

## · 致荷

躺在夏天
一切都潮热起来
叶，杆，茎
还有包裹着藕的塘泥

孤独、苦闷、寂寞和忧伤情绪
在血管里潮热起来
你躺在火热的日子中，转动风扇
心事躺在水面上，沐浴烈日

喜欢一朵莲
自然喜欢蹲在荷叶里的蛙鸣
喜欢与荷一同摇动的涟漪
就喜欢高脚蚊踩过的波纹

你开或不开，爱都在那里
你谢或不谢，爱都给你留着

## ·阴谋

在天底下
边远偏僻荒野的天空
繁华大都市的天空
都会有阴谋
先是高高的，远远的
像是与我们无关
像是事不关己高高挂起
强的凌辱弱的
奸诈的欺骗诚实的
虚伪的掩藏真实的
斗狠的压制软小的
正义的被迫让路给邪恶的
这一切
像是要颠倒乾坤

这一切，不断地碰触着
交错着，妥协着，忍让着
各种花哨样式
在地面上出现
在天空下聚合
阴冷冷的上升
黑黑黢黢地下压

表面光鲜的
面色昏暗的
钱多钱少的
暴戾恣睢的
孤傲狂乱的
战战发抖的
低吟哀求的
各式各样的
在大地之上天空之下
展露肌肉，秀着力量
碰撞了妥协，妥协了碰撞

人心
焦渴的，期盼的，观望的
豪气的，屈辱的，难耐的
麻木的，冷静的，狂躁的
在阴云之下
汇聚了又分裂
分裂了又汇聚

所有的阴谋诡计
所有的狡诈权术
都在大地之上天空之下
分裂了汇聚，汇聚了分裂
黑压压的以乌云的样式
获利的，失利的

都觉得憋屈压抑

任何人的心头
任何人的天空
阴云密布时
世界都是黑暗迷惘的

在静谧旷野的天空
在繁华都市的天空
只有狂风才会吹散这些乌云
只有闪电才能撕裂这些乌云
狂风和闪电来临之后
每个人心底的天空
才会一片清明
每个人生命里的尘埃
才会被清扫除尽

## · 香菜

左边白昼，右边黑夜
前手夜市，后手黑市
在昼伏夜出的交界
在凌晨，香菜被电动三轮摩托车
拉进了城里的菜市
香菜，在城市的心脏里
和城市零距离
和城市人零距离
与城市融为一体
为城里人贡献一身

刚从农地里挖采出来的香菜
面对二手贩子对它讨价还价
香菜们，默不作声
二手菜贩子们
用亮闪亮闪的眼睛
看它的叶嫩不嫩
看它的根白不白
看它的茎粗不粗
看他的价钱是否合适
香菜在心里嘀咕
“进入白天的菜市，

会被转几手，
卖出什么价格？”

在深夜里进入城市的香菜
菜贩子们没有高声喧哗
用手指比划着手指
它不是进入黑市的香菜
它是和主人一起进入夜市的香菜
它和它的主人都不再担心
秤杆和电三轮被没收去
既然选择放弃了乡村
就从未想过要离开城市

香菜们，暗自庆幸
只有进入夜市
它的香味最浓郁
只有扎根在泥土里
它的香味最清纯

白天超市里的香菜
被手指比划之后
香味打了五折
价格翻了一倍

## · 小翠

小翠，山坳上的小翠
年方二八的小翠
风刮过了她的身子
雨淋瘦了她的腰肢

小翠，脸上泛着红晕的小翠
和害羞的太阳一样红
和夜里的月比羞涩
一双眼睛，水灵灵

货郎走过村子
轱辘，小翠和酒
共同扭动着丰满的身子

通往茅屋的篱笆路上
黄墙长绿袖，石阶生苔痕
竹篾挑筐里，吆喝阵阵

狗吠声声
狗们，担心它的女主人
被货郎勾引，离开乡村

## · 泸州老窖

千万年以来，以纯正水稻，小麦，高粱的名义
以长江和沱江交融的名义，以中华鲟和华南虎的名义
以夏商青铜的名义，以秦代陶角杯的名义
以汉朝铁制农具的名义，以泥窖的名义，以酒神的名义
确定了泸州老窖的奶名

泸州老窖，注定了与诗神有关
注定了与燥热有关，注定了与红色和革命有关
注定了与深厚肥沃的泥巴有关
与甜美的甘蔗，龙眼，荔枝有关
与星罗棋布的村落有关
与北面的丘陵河谷有关，与南方巍峨的云贵高原有关
这是泸州的命上带的
感恩皇天后土，给泸州带来了酒命，带来了诗命
诗酒不绝兮命不衰

泸州老窖，用 54 度的名义来丈量杨龙湾梁子的高度
用 38 度的名义来丈量合江九层河口的低度
在酒的王国里酒是国王
张坝桂圆林飘着酒香，纳溪天仙洞飘着酒香
太平古镇飘着酒香，黄荆老林飘着酒香
朱家山石园飘着酒香，东华诗社飘着酒香

这酒香远远不止洞藏国窖里的酒香
这酒香，香远溢清飘荡四海

森林茂密的泸州，延绵不绝的泸州
每一滴水，每一条溪
每一条河，每一条江，都酒意浓浓
沱江，永宁河，赤水，濑溪，龙溪
行走在泸州的大地上
把最有品质的酒曲，交给了最勤劳的手
把热烈和火辣赐予男人，把温柔和丰满赠予女子

泸州人用智慧酿制了泸州老窖
泸州老窖用诗意滋养了泸州人
泸州人和泸州老窖一样
无色透明窖香幽雅，绵甜爽净柔和协调
尾净香长，格调典雅
泸州老窖和泸州人一样
坦率耿直野心不足，保守恋家豪爽好客
包容坚韧强悍仁义，平和笃定适度满足
儒雅纯善孝道忠义
少言寡语的泸州人，喝了泸州老窖
就是一桌子的酒官司

春夏秋冬寒暑易节的泸州
乾坎艮震巽离坤兑八卦相荡的泸州
遍地是智慧，足踏着泸州的大街小巷

足踏着泸州的坡岭沟壑
还没有端起酒杯开怀畅饮
我的整个身子，不知不觉中
已经热血涌动身子发烫，诗歌微醺

提一瓶国窖 1573 仰面迎天豪饮
酒到嘴边就成了泸州人
拈一首短诗在泸州的土地上行吟
诗人成了一瓶泸州老窖
一首新诗欲浓欲香，只有和酒一起封存窖藏

## · 龙栖地

这么多明眸盯着这片土地，美女们，都会盼
把龙泉山溢出来的灵气，盼进了龙栖地这片富饶的土地
把徽墨石砚的文气，把夏商的农业文明和青铜文明
都盼进了龙栖地的现代社会

龙栖地
泥土透着灵气
美女透着灵气
清澈的湖水透着灵气
湖中的荷花透着灵气
湖中的高脚长腿蚊透着灵气

这灵气，穿透时空弥漫
横向往巢湖延伸，沿着水的方向延伸到大海
纵向往龙泉山延伸，沿着山的方向，延伸到喜马拉雅
精神上往寺庙延伸，沿着神像表情，延伸到宗教的善良教义
物质上往时间里延伸，抛弃战火，留下平静
历史中有了可歌可泣

龙栖地，浩然之气总在滋养
一些枯萎的荷叶，一些不衰的歌
一些柔韧的骨，一些热烈的血

光明与黑夜一样交替
正义与邪恶一样交替
良知与麻木一样交替
在歌舞升平的时候混同
在海晏河清的时候清晰

龙栖地
荷，楚楚动人的荷
在清明之世绽开
先把叶子长出来，把花蕾吐出来
再把花瓣展开来
水蚊，踏着水波，踏着湖面随风摇动的诗意
踏着荷花蕊里带粉的佛性
在湖面自由的舞蹈，一切生灵
率性而活，诗意而动

龙栖地
在水和天连接的地方
在山和水相依的地方
在诗歌和现实接壤的地方
雷鸣和闪电，清风和细雨，热烈和清凉
老人和儿童们，男人和女人们
该吃肉吃肉，该喝酒喝酒

龙栖地，以自己的精气神
挺起一座山，拔起一座城

## ·在一个小村子里丢下画笔

一阵蝉鸣，从林子里传过来
从村子里传出来
经过了宣纸，经过了画笔
在水墨浸染的痕迹处
还稀疏可听

清澈透明的季节河
穿村而过，淌着
发着声响
洗刷河道里的巨石
水底的细沙
把天空淘得清澈见底
河床上，鹅卵石
横七竖八裸着身子晒太阳

在村子里丢下画笔
通往旧城墙的小蹊
绿油油的，夏香浓郁

掬一捧流淌的泉水，打湿额头的发际
蓝天在水里一动不动，白云闪动着波纹

走进村子扔下画笔
诗意溢了出来
青翠欲滴
鸟鸣阵阵

## · 早起的清洁工

和打鸣的晨鸡一起醒来
人行道上的橘黄色马褂
夜色里，时隐时现

轻脚轻手，轻于鼾声
飘零落叶和扫帚一同划着地面
灰扑扑的，留下了灯的颜色

黄昏的城市繁华落尽
白天悄然于树荫下的垃圾桶
盛满了被扔弃的破事，杂事
尚有烂事和嚼舌根的事
饶有兴致地在夜里混合

早起的清洁工
身影与路灯照耀的树影一起摇曳
散发着淡淡的树香

城市里，有些人的龌龊事
在昏昏暗暗集中着，等待清理
有人用宽厚和清洁待你
你是否以卑劣和肮脏作践他人

担心惊扰他人睡觉的清洁工
终究不会惊扰人
离开了夜
消失在晨曦里

## ·家乡的泉水清又甜

家乡的泉水是在半山腰
青色褶皱岩缝里淌出来的
叫罗家湾湾的榛子林旁
在石板与石板之间
在春种夏薅秋收冬藏之间
在劳累了歇气的时候
凉幽幽，清又甜

家乡的泉水以透明的方式流淌
像汗水一样的透明，像日子一样的透明
像性格和脾气一样的透明，像蝉翼一样的透明
这泉水，和天地同灵和日月同气
家乡的泉水自然清又甜

在山肚子里流淌的时候
家乡的泉水，以小龙的方式流淌
寻找云雾，寻找海洋
在树林里流淌的时候
家乡的泉水，以小溪的方式流淌
淌向苍穹，淌入厚土

家乡的泉水清又甜

从童年淌来，又淌向童年
从纯真出发又回到纯真
在翠竹幽林间
流淌着美好的记忆，童趣和天真
在一些嶙峋的石灰石溶洞里流淌
就像谚语所说的“落叶归根”

荒凉和文明，理性和野蛮
交替错落着乡村的所有日子
这与我家乡的泉水无关
与农活和种庄稼无关
那泉水枯萎的时候
是毁林毁草开荒最严重的时候
是土法炼焦炼铁人心贪婪的时候
是贪腐肆虐的时候，那时
昏沙四起，空气污浊

家乡的泉水流淌过的地方
棱角分明的顽石躺成了鹅卵石
锯齿凌厉的草在水中淌成了青苔
在又青又甜的泉水流淌中
世事润滑细腻，肉体冷暖自知
人间一切事物，循着佛性皈依，在流淌中皈依

家乡的泉水清又甜
流进了大河，淌入了大江，进入了大海

是不是清，是不是甜？
掬一捧尝尝，掬一捧舔舔
有了河沙味，有了鱼腥味
淌到大海里，增加了金钱味
又苦，又涩，又咸

## · 北上疾驰的列车

你是否已经把心留着
在准备踏上北归列车那刻

你是否已经准备好了要离开
你的身子，先是不情愿地离开了南国
以步行的速度，然后是缓缓地离开
以 80 码的速度，160 码的速度
再然后是疾驰着飞快地离开
以 240 码的速度，以 300 码的速度
把爱情筑牢在南国的土地上后
疾驰地，毅然决然地离开南国

就在你离开南国的那一刻
你的爱，你生命里的爱
骨髓里的爱，血液里的爱
你深深的疼彻心肺的爱
拼命地离开了你的躯体

先是以步行的速度，缓缓离开你的躯体
以 80 码的速度，以 160 码的速度
然后是疾驰着飞快地离开
以 240 码的速度，以 300 码的速度

到爱情筑牢的南国的土地上去
毅然决然地离开你的躯体，到你的爱人的心里去

你是否已经把身子留着
在又痛又疼的日子里到南方去
寻找你失落的爱情

## · 这个夏天真的很热

这个夏天真的很热，太阳出来或不出来
鸟儿只能在早上清凉时歌唱
蝉在浓郁的树叶间，嘶鸣
青蛙在水塘边守候着蚊虫
蛐蛐儿，在草丛里不停地发声

这个夏天格外的热
火辣辣地，把一切都交给了滚烫
这个时候，南方的这个城市里
尽管有着美丽的风景
如诗如画的风景，你是风景里的风景
但谁都无法抵抗这火热的城市
只有蜷缩在空调制冷的小屋里
打着瞌睡，看着新闻

不管你在不在南方
不管你爱不爱南方的城市
不管你对北方干燥的空气是否适应
也不管你是否数着归期
南方的都市，北方的都市
树叶，一样的很热，冒着汗液

这个夏天真的很热
骑着水牛的牧童，在李可染的画中，早已无心吹奏他的横笛
在清澈见底的河水中，躺在河中的水牛漂浮着夏天
宽厚的牛唇吹着嘴边的热气
整个身子让牛鼻索牵着，归顺这个季节

这个夏天真的好热
唯有爱，唯有火热的爱
浇灌树木葱绿成荫
不管白天黑夜，不管早上黄昏
彼此尽享着爽爽的爱意
都在爱情的树荫下
享受着凉风习习

## ·端午节下起了雨

龙舟划过的地方，千帆过尽，挥舞的浆
留下了逝去的水纹，很快又恢复了平静
雨，这个时候开始下起来

要给你一个全新的未来
这雨，在端午节下
在弥漫着诗意和悲愤的日子里
把一切积存至久的情感
找一个可以倾诉的方式
憋屈是难受的，从心空里倾倒出来

行走在湖畔，亦或小径
雨在端午节下了起来，有些凉意，有些惬意
那雨，斜斜的，洗着柳树婀娜的身姿
洗着梧桐树宽大的叶
洗着核桃树上结着的雏果
那雨冲洗着，尘埃弥漫的远方
那雨，打湿了山的起脚和结尾

## · 水车

从远古走来，从春秋时期走来
和水，湍急的水一起走来
以流淌的方式
找一个有鹅卵石的地方
找一个长青苔的地方
找一个鱼游蛙鸣的地方
或者，找个可以长稻谷的地方
让生命平躺着，然后又立起来
矗立成一道会转动的风景，在水乡转
在可以传承文明的地方转

季节和风一起转动的时候
关于水的故事，女人是水做的故事
在柴火燃起的夜晚，偶尔伴有几声狗吠
在月朗星稀约会的夜晚
关于枯燥和开裂，焦渴和难耐
关于男人和女人的爱情
经乡村木屋外倚靠篱笆的守望后
都沿着水流淌的方向
迎面而来，又流淌而去

做一个大转轮

把前世，今生和来世
把苦乐隐忧，酸涩辣甜
全都装进水车里，让它们不停地转
沿着时光转，顺着水流转
看看你在哪一世
是人？是鬼？是神？
看你还怎样去吟咏三生三世
看看你舀起来的哪一瓢，是民间疾苦？
哪一桶，是庙堂富丽？

## ·用佛性和诗意弥合伤疼

总是和多愁善感纠结在一起的雨
每每下起，天空就灰蒙蒙的

潮湿的心空里，分不清谁是
苦苦的相思，揪心的惦记，别离的惆怅
谁是打湿你眼眶的细雨

思念得久了，想得深了
就会生出无法言说的疼
锥心的疼，裂开的疼
疼爱着的疼，像是没有药可治的疼

听着磁性的声音，读着朴素的诗句
偎依在你的怀抱里，听着你的心跳，吻着你的厚唇

听听佛音，伴随涌动的潮水
读读我们的诗，弥合裂开的伤口

## · 剥开粽叶的时候

剥开粽叶的时候
驱邪的艾草
插上了门楣
水鬼走了
留下了诗神

剥开粽叶的时候
煮熟了的糯米
花生
核桃仁
粘粘的
糯糯的

香味扑鼻的仁
是沾满了
一手的文字
一颗一颗的
堆积在粽叶里
不同的组合
成了不同的
诗意人生

剥开粽叶的时候
看到别离时的叮咛
成了粘合在一起的
米粒

细嚼着
遥寄的粽子
美滋滋的
融化进了
血液和骨骼

## ·风刮着它期盼的地方

你在大海的这边
我在大海的那边
风，刮着它期盼的地方
海峡这道鸿沟
遥遥在望，别离着
已多年

我载着思亲的帆船
皮肤黝黑的青年
我的船长啊！我的船
在海上寻找风刮起的方向
驶向祖国的船
靠啊靠
就是登不上岸

相同的肤色
相同的血
相同的言语
共同的根

风正刮着它期盼的地方
弥合着内战时留下的伤残

年轻的舵手啊
大陆亲人的眼眶里
溢着你归来的泪蛋蛋

风刮着它期盼的地方
不想要你漂泊在海上
不要你成为列强的鱼肉
要你回到故乡
风刮着你的发际和耳廓
亲吻着你的脸庞

## · 在林间

洋槐树，厚朴树
桂花树，古柏树
都长满了耳朵
机灵的耳朵
天麻麻亮
它们的耳朵就竖立起来
等着稀稀疏疏赶来的
画眉们合奏

鸟的鸣叫声里
空气清新，墨绿油油
阳光照耀着林子
高音的，中音的，低音的
在林间清唱
亮闪亮闪
荡漾着初夏的热意

戴鸭舌帽嘴咂旱烟的老头
是诸多到林子里来的人中的一个
他也提着笼子
到青翠的树林里
听清脆的鸟鸣

还有租门面卖贵州沙土羊肉粉的
夹着小皮包叼着香烟的
秃顶穿着花格子短袖 T 恤的

在林间
热头大了
燥热难耐的鸟们
陆续随着它的笼子和主人
回屋乘凉
长木凳里
果皮箱中
青草地上
全是鸟的鸣叫
全是对绿色的歌唱

## ·背箩筐的老汉

一个五十多点儿的老者
背着不新不旧的箩筐
那里面，像是空落落
又像是，装着清早的希望
这乡下来的老汉没有心思去公园里晨练
丝毫没有影响他嘴角里哼唱歌谣
民曲在他竹条编就的筐旁流淌
自娱自乐，哼哼唱唱

大清早的街道上
车流稀疏
棕树叶织成的背条
系在他硬朗的肩上
他横穿马路
翻越了，路间隔离铁栅栏

东边的晨曦
照射着他苍老的脸庞
他的眉毛上挂着亮晶晶的阳光
他沿着太阳的方向
去找一家人的口粮

## ·今夜，注定天空下起了雨

天空，注定下起了细雨
毛毛细雨，蒙蒙汩汩
遮住了双眼
看不到一切

在甜蜜幸福的五月
惬意的心房装满了我和你
微笑和柔风
不时吹走泛起的灰尘
每走一步，都是那般的轻盈

人儿啊！你一离去
心空里很快聚拢了阴云
只有雷鸣电闪
才会把天幕撕裂
你的眼角早已湿润
想着之疼
何时方能走出心底

## · 放得下的都放了下去

谁的胸脯昂扬激越
谁的大海波涛涌起
灰色的海鸥划着弧线
在灰色的天空里飞，声音凄美
她知道，将要离去
在滚烫的五月

谁在海面上诵读起了心经
谁在想着平抑自己的潮水
涨潮的时候
是会让那泥渣泛起
佛啊！你可给我丹药解人心病

大海啊！
放得下去的
都已放了下去，那五彩的贝
装满了心事的贝
一心想着大海
可又让波浪轻轻推到
岸堤

## · 想见不能见

能够心相念
却不能手相牵

能够心相连
却不能人相依

相思的野马
沃野千里

你的心底
马蹄，踏踏

空旷的原野里
谁的马声
苦苦嘶鸣

## ·踏着浪花亲吻的海滩

一脚踏着蓝色的大海
一脚踏着湿热的海岸
那脚印或深或浅
浪花亲吻后
推着细细的沙砾和时光
填平着
走过的深深浅浅

踏着浪花轻吻的海滩
我看到旧城墙上的老炮
每一天都望着远方
还记得清末，民国
是那样的战战兢兢提心吊胆
总担心着异邦的坚船利炮
游到眼前

## · 父亲

父亲属相是牛
犁地的牛
吃草的牛
苦苦磨磨的牛
勤俭节约的牛
倔强一生的牛
只要他抬头长叹的时候
就是他痛的难以启齿的时候
就是他眼里含着泪水的时候

父亲的手是粗糙的手
他弹过的最美曲子
就是童年时代月明星稀的夏夜
骑自行车赶回家里
用手摁锈迹铃铛的声音
夜色清静
月光清幽
铃声清脆
我一听到那铃铛声
就赶紧跑回家去
摆出书包把书打开，假装做作业的样子
然后他把一些外面的故事讲给我听

让我写生僻的字
笔画多的字

父亲认命
他却没有找算命先生
他觉得命运都拽在他手里
结果他的命被拽在
生产队长民兵连长
小队会计的手里
父亲是木命
我不知道
是年干，月干，日干
还是时干有木性
只要经他烧起的火
都会燃烧殆尽

父亲满头白发
皱纹纵深
每一年都留下了沟壑
每一次病魔折磨他苦难的身子
除了牙齿格格作响
除了躺下
不会吱声
他眼眶深陷手扶门栏
目光怏怏
遥望远方

今年春天
他的粗糙的手
总在补着家漏的手
把食物做熟喂养孩子的手
患了帕金森症的手
不时抖动
我的一个家
正在
颤颤巍巍

## · 卢沟桥

心潮澎湃起来又平静了下去
心潮平静下去又澎湃了起来
踏在卢沟桥上我思绪难宁
踏上卢沟桥接受着爱国主义的洗礼
倭寇贼眉鼠眼的样子又萦绕脑际

1937 年 7 月 7 日的枪声从桥上呼啸而过
注定了中华民族再一次陷入苦难窘境
国破群山泣，城春长河咽
软弱和贫瘠只会生出麻木与愚昧
忍让与妥协换来了踏破国土的铁蹄

宛平城，座落在丰台的宛平城
永定河水清滟滟波粼粼草依依
这和平与祥和来之不易
那是无数烈士的生命、躯体和英魂

只有鲜血才能筑牢我们心底的长城
只有战争才会止住面临的战争

从没有享乐忘忧会让人图强
从没有抱残守旧能让社稷永葆活力

从没有歌舞妖姬能够让河山壮美
从没有贪腐朽化能够凝聚人民
从没有涣散的枪戟刀剑能让国家安宁

在卢沟桥上的石狮子们，英雄的狮子们
没有一头无所事事，没有一头处优养尊
经历着风风雨雨，电闪雷鸣
看着自己的家园守卫脚下的土地

群山延绵不绝，大地深沉不语
卢沟晓月挂在青天之上
卢沟落日用自己的鲜血染红大地

## ·他的天空时常下着小雨

不是梅雨时节和多雨的南方
不是热带雨林
不要问他家住哪里?
他的天空
时常下着小雨

在工作和小憩之余
在回家看望父母的路上
不要问他在何时?
在白天还是在梦里
他的天空
时常下着小雨

不要问他的天空
为什么时常下着小雨
你说在下雨的时候想你
这爱的鸡汤
这呢喃细语
他已用最柔软的地方将你
放置

## · 割草机

爬着，只能是爬着
用整个躯体伏在草地上
听听，还有多少虫儿
在地上浅唱低吟

伏着，只能是伏着
用四脚
紧紧抓牢草地
不带出一点泥
要用那刀子
割走生活的
枯萎

前进着，只能是前进着
如若不前进
笨拙的身子
只会成废铁
要用前行的脚步
踩过日子的繁缛
阅旧留新

## · 勿忘我

君种我在四月
根植于土地
花开在九月
长出蓝色的花语
开着到来生
不把你忘记

君置我于屋中
久待在花瓶
这定格的爱情太僵硬
我要走出去
为这灵动的花和叶
沐浴风和雨

额相抵，心汇聚
两地爱，默默依
每一天
静静的，候天语

## · 罗汉竹

竹叶青翠
鸟的鸣叫声
暖和的阳光
夏扇摇着的闲适恬淡
在叶片上躺着
早飞的鸟儿们
在罗汉竹上午休

凸起的大肚
装着世事和快乐
装着虚空
看看她的微笑
和属于你的妩媚

黄皮肤青皮肤
细长叶椭圆叶
地面上的每根茎
都那样挺拔秀灵
泥土中根须，紧连
呼吸相通
命运相依

## · 仓央嘉措

这爱，仓央嘉措
管不了那么多了
忘记了自己是六世达赖喇嘛
忘记了千万个信众等待朝拜
等待着伏地行礼
摸头赐福

尼玛堆上彩带飘扬时起就有了的佛性
与藏地河道里的鹅卵石
蓝色的天
寂静的村落
白玉无瑕的雪山
清冽的圣水
一起
弥漫着诗意

西藏的情歌
让六世达赖唱出来后
这诗，这歌的王者
带来了至纯至善的情种
栽种在女人的心底
至真至善

至简至美

走出布达拉
走进乡野
走进雪地
在藏地
结出了满树的菩提

这是个什么样的绝美女子
拉萨宫殿里的王者
舍弃锦衣玉食
翻墙走进她住的屋子
眠于爱夜
呢喃热榻

王者低吟浅唱的歌
一开口
一出嘴
就成绝伦的诗
这爱的沃土上
生出了诗意的慈悲和善良

王者的长袍
在古驿茶道
草地上泥淖里
雪山小路上

飘起之后
王者流浪
情歌流浪
诗意流浪

佛性
换个方式传扬
仓央嘉措的爱情
成了雪莲
纯洁至极
高贵至极
难以越逾

踏觅藏地的诗者
洗尽铅华
尾随成群结队的牦牛
拾起转经筒
仰望珠穆朗玛
跪地膜拜

## · 屈原

屈子芈平极度苦闷完全绝望那刹
一个忠臣
一个诗人纵身一跳
跳进了汨罗江，从那一刻起
汨罗江流淌着屈子之魂
伟大的浪漫主义
就开始在江里流淌
采摘野果子的浪漫
战争中的爱情
花前月下的卿卿我我
世外桃园
都聚到这河里

还记得太史公的《屈原列传》吗
这个贵族血统王者血统的屈子
天生就有王气、文气、霸气
一举手一投足
捻动胡须，拂起长发
杀戮里的凶残，权柄间的钩斗
都是绝美的诗句
迈步前去，就成了
演讲初学者常常引用的名句

“路漫漫其修远兮，吾将上下而求索”

战争残酷
官宦阴暗
屈子食的是豆稷粱粟
舞动的是狼羊之毫
操持的是弓弩刀枪剑矛斧钺
用生命和殷红的血染成的权柄
注定不会让铮铮铁骨的文人
握得太久
苍天给屈子权柄
流放他
让他抽剑仰天临风御敌
写出《离骚》《天问》《九歌》《招魂》

屈子，死于权斗的屈子
把改旧革新注释成
举贤能明赏罚反壅蔽移风俗
罢黜流放也没忘记爱国的歌者
不管生前生后名
悲痛欲绝之际纵身一跳
怀王襄王被跳成了庸君昏君
身着长袍握剑长啸的屈子
滋育了中国文人的气和节
终结了谗言妒恨
终结了毁谤排挤

三闾大夫屈子把生命交给楚国
还是纵身一跳
把灵魂交给江河
终结了肉体生命
这一跳
跳出了一个节日和风俗
端午赛龙舟吃粽子
这一跳
筑成了一座碑，一尊神
让后世诗家文人膜拜
这一跳
除了哽咽之外
还有中国人骨子里
中华大地上
弥漫着的爱国主义

## · 大美北京

### 早晨：打开你的窗户

打开你的窗户
在东八区清晨五点
看看这个繁华的都市
开始她清新的早晨
看长城的，看升国旗的
做生意工作的
迎着清新自然的空气
开始了早晨

打开你的窗户
清新的风，脱俗的风
让人大口大口地呼吸的空气
是如何开始早晨的
这美好的空气
没有霾，少了尘埃
这清新，沁人心脾
草叶发着绿光
树木焕发精神

打开窗户

让沉闷的你
去享受晨曦中的清新
清晨的微风，清新的空气
要到你的客厅
要到你的书房
要到你的卧室
要拂去你画作上的灰尘
要吹走你心底的阴云
要给和你朝夕相伴的花草
洗洗心肺

打开你的窗户
眺望户外的绿地
眺望宽敞的公路和疾驶的车
眺望近处穿透楼群的束束阳光
眺望大都市里睡熟的四合院
眺望天边的蔚蓝和青靛
眺望太阳周围的蛋黄
如何开始他们的早晨

## 中午：热辣辣的太阳青亮亮的天

鸟们，衔着清脆脆的叫声
在林间，在青翠翠的林间
飞来飞去，在热辣辣的太阳底下
在清亮亮的天空底下，飞去飞来

在奥林匹克公园，南海子公园
在圆明园，在颐和园，在天坛
在幽静的大学校园
在水海子边的芦苇荡里
在白云懒洋洋躺着的天空里
文须雀，棕头鸦雀，苇鳽
煽动着翅膀在古柏幽静的林子
在青草地，飞着鸣叫着
在热辣辣的太阳下，青亮亮的天空下
飞着自己的爱情，飞着自己的故事
飞着自己的家园和都市

苇莺，大白鹭，黄眉，牛头伯劳们
山雀，棕眉柳莺，红尾伯劳们
赤颈鸫，棕眉山岩鹨，山噪鹛们
在十三陵水库，在官厅，野鸭湖
在燕山，军都山，雾岭，百花岭
在林间，在山地，在水泽
尽情地享受着热辣辣的夏意
灰头绿啄木鸟，大斑啄木鸟
自上而下，自下而上
啄食着树干上的虫子

在热辣辣的太阳底下
在青亮亮的天空底下
鸟们，啄着夏天

啄着绿，展现着自己的身姿
歌唱着太平盛世，歌唱着大自然
歌唱着离去的春和将来的秋日

## 傍晚：大红之美喜悦远方

北京的第一场夏雨
从清早持续下到了中午
干燥的树，很多叫不出名字的树
凡是干燥了需要湿润的
都一一予以湿润后，渐渐地收住雨势

这场美美的夏雨停下后
太阳的光热烈而暖和
雨后的光芒，没忘了照耀着宁静的首都
矗立的宁静，移动的宁静
静中之静与动中之静
在蓝色的天空里，在古色古香的故宫之上
在奥运村子的头顶
门头沟，丰台，东城和西城
无私地照耀着

入夏，第一场雨后的暖阳
照耀着小贩，照耀着飞逝车流
照耀着北京绿，照耀着北京的帝都文化
照耀着现代文明，照耀着国家的自信和荣耀

照耀着前进的稳健和沉着

傍晚，太阳落山的时候
大地升了起来
一些高楼和远山承载了天空
云霞燃烧了起来
白的云燃烧了起来
黑的云燃烧了起来
红的云燃烧了起来
烈火燃烧了大地
烈火燃烧了天空
烈火燃烧了大地和天空间的云

大美之红
在北京的傍晚久久驻足
喜悦着北京的远方
喜悦着每一个人

## · 船夫和船

一条船
不是湖泊里的船
是江河里的船
在源头的浅水湾
总是磕磕碰碰
在那个小圈子里
转悠转悠不知去向

一条杉木制作的木船
纹理直顺，耐腐防蛀
在高原的河道里
转啊转，淌啊淌
随水流淌的方向
仰面向天
望阳光直射
数着星星和月

一条长河里的木船
流过缓缓的河道
历经湍急的滩涂
藏有巨石的暗礁
有过峰回路转

笃定蜿蜒

淌啊淌
你上了这条
没有船夫的船
牵着，拉着，推着
你不怕江水打湿你的衣襟
你不怕河风吹皱你的脸庞
你划着高原的杉木船儿
唱着快意的歌谣
船夫和她的船
要去远方

## · 入夏的第一场雨

一棵树
北方的一棵树
南方的一棵树

入夏
迎来了第一场雨
一场干枯了一个季节的树
它们迎来了
第一场雨

风
为它们来回捎带耳语
阳光丈量它们之间的距离
南方的树
北方的树
它们的根须连接在一起
它们有着共同的土地

干枯是共同的干枯
患难是共同的患难
呼吸着一样的空气
心跳着一样的节律

它们有着共同的文化
它们长着相同的肤色

入夏
下起了第一场雨
它们的叶片被打湿
它们沐着这风雨

入夏的第一场雨
它们的脚下
一片潮湿

## · 飞上去和飞下去

飞上去
要飞上去

在飞上去的那片刻
自己觉得自己好高大
一种离开地面的高大
飞天的高大

在天上高大了好一阵
这种高大
随着平稳上飞
逐渐成了
一种气体充斥身体的高大
一种气体充斥生命的高大

在天空中飞
没有鸟的感觉
没有翅膀扇动的感觉
没有在天空里挥洒舞姿的感觉

随着飞机缓缓下降
平稳着陆

又慢慢的慢慢的
渺小了下来
一种飞下去的小
落下去的小
落地的小
如蚁的小

## · 清早乘坐地铁去西单

五月
太阳把她的火热
集中起来
在人多的这个城市
释放

我乘坐地铁
到西单去
去看那里
鳞次栉比的楼群
去看那里
匆忙的人群

地铁里
凉意悠悠
地铁列车
飞速地往前行驶
时间
飞速地往后
流逝
一些精彩的画面随着
时间一起流逝

地铁里的人流
汇成了时间流
匆匆而来
匆匆而去
随着精彩画面的流逝而流逝

在西单离开地铁
拾阶而上
文化广场外面热浪扑鼻
西单图书大厦里
满满凉意

## · 一只文化鼠

文学平台发表了老曾养的鼠
因为老曾是名作家
这只老鼠就成了名鼠
一只著名的文化鼠
先是在文学平台上著名
然后是在黑土地的文化圈里著名
在全国的小说界散文界著名
最后因为我的诗歌
这只鼠在现代诗歌界也跟着著名

这只鼠是冲书卷气去的
是冲小说味去的
是冲着古玩味去的
老曾是写小说的王者
这只年幼的鼠
是汲取文化味的王者
这只鼠是鼠界选出来的精英鼠
是唯一被选去曾家的风流鼠物
是专为迷惑老曾而生的鼠姬
一是去看藏书和古玩
二是去看点香敬佛
是不是诚心诚意，是不是真佛

就在供奉的佛像上洒了尿
结果老曾不仅是小说的王者
还是一尊没有杀心的佛

这只鼠
不请自来，不请自去
在他的书房里来去自如
成了他的房官
有了名号和爵位
相当于千户侯
只吃锅盔，没有骨头的香肠
吃馒头，吃肉，吃鲜美的肉
这只鼠
是一只高贵的鼠，神性的鼠
衣食无忧，养尊处优

这只鼠
在书香门第之家
每天都闻着书香气
每天都闻着石玩书画气
在老曾苦闷或快乐喝酒的时候
闻着酒气，闻着茅台酒气
杏花村酒气，五粮液酒气，汾酒气
这只在老曾家待了多年的文化鼠
读着小说里的美女，性爱
荡气回肠的故事情节，环境描写

这鼠文发表后
这鼠成了孤独的没有鼠伴的鼠王

这只鼠
是只奇异的鼠
被写进了散文
成了一篇散文
后腿立起来，前脚合十
盯着老曾行注目礼
我把它写进了诗歌
成了一首诗
在我的文字里面蜷伏着
眼睛亮闪亮闪的
盯着我写的每一颗字
害怕我损毁了它的尊荣
在这首诗里面
写错它的心事

## · 又见

又见到了你
孤枕难眠
在深夜里，醒来
写一首短诗
一首三字诗
通过目光传入你的心地
通过长吻传到你的身体

又见到你
把别后的每一天化作雨滴
别后的每一小时化作小溪
把别后的每一分钟化作江河
把别后的每一秒化作海洋
流过峰顶
流过高原
流过河谷
流过丘陵
流过平原
流过你的阳关古道

又见到你
成了一点绿

在干枯的沙漠里
长出一株小草
绿脚下的一粒沙
长出一棵树
绿脚下的一树影
长出一亩林
绿化沙漠上的一顷地

要一片一片地
绿化所有的沙海
给你，给我们
葱葱绿绿

## ·飞越天空的诗歌

飞机不知什么原因
迟迟没有起飞
像是有着心事，像是在等谁？
看来，迟来的诗神
要带着他的诗歌
乘坐飞机一起飞越天空
一起在高原上起飞

15：45 分，指挥塔指示飞机起飞
诗歌和飞机一道
在跑道上轰足油门
以起飞的速度，飞越地面
挣脱尘世和琐碎
挣脱功名利禄
迅速地，在机场
诗意地飞向天空

地面上看到的天空
和大海一样蔚蓝
天空的颜色是空气的颜色
确切地说天空没有颜色
诗歌在天空中飞，和飞机一起在天空中飞

飞机按照无线电波的指示在天空中飞
诗歌和诗神一起
在飞机里飞

飞越天空的诗歌
在天空里漫无目的地飞
没有了地面上的物象和方位
没有物语依托
不再像地面分得清东南西北
在天空中的诗歌
没有东南西北地飞

金刚经里的咒语
古兰经里的西方
新旧约全书里的诸神
在天空里都没了身影
除了一些在天空里飞越的飞机
好像就是诗歌在飞
真实在飞，虚空在飞
在天空里，人与人之间的距离
是座位与座位之间的距离
天空里，诗歌与诗歌之间的距离
是星球与星球之间的距离

诗歌以均匀的速度在天空中飞
和他的国家制造的大飞机一起飞
飞机在空中找到了飞的感觉

诗歌在空中找到了飞的感觉
天空中的气流让飞机颤抖
诗歌却若无其事
愚钝地，尽情地飞
无拘无束地飞
诗歌飞得越高
越没白天黑夜

在天空中飞越的诗歌
哪个角度来的阳光都是直射的
哪个角度来的月光都是柔顺的
诗歌飞得越高越觉得不得了
越觉得轻飘飘
有神仙的感觉

再牛的诗歌也要着地
飞越天空的诗歌和飞机一起着地
和飞机里的乘客一起着地
和飞机里写诗的人一起着地
诗歌一回到地上
就被一些大牌的傲气十足的编辑
以长的，或短的文字
固定在公众平台上和纸媒体上
动弹不得
诗意，渐渐缩水
诗意，瘦骨嶙峋

## · 夏天

小蝌蚪的尾巴
长没了

在蛙声一片的时候
乡村里
又让燥热的宁静裹胁

风
捋过从山顶刮来的风
不管有几缕
吹皱了湾子畔的田水

这个夏天
和往年一样
注定很热

天空里的月
落到乡村里
盛满了水的稻田里

一闪一闪的
获取了一夜的
凉意

## ·城市里穿梭的摩托

城市里
穿梭在车流里的两轮摩托
白头盔，蓝头盔，红头盔
时而从路的左边驰过
时而从路的右边驰过
时而是一道移动的风景
时而是一道危险的风景

城市里穿梭的摩托
轰轰烈烈往前冲
摩托车里汽油燃烧的性格
一些奇装异服的青年性格
在轰轰烈烈往大清早里冲
在轰轰烈烈往霓虹灯下的夜色冲
在城市里
想冲出一种气势
想冲出一种优越
想冲出一片异样的目光
城市道路上急匆匆地书写着
摩托的自由
摩托的潇洒和风度

城市里的摩托

一到夏天，一些摩登女郎
在城市的道路上穿梭
她们在风穿过城市的时候
迎风穿梭，顺风穿梭
与城市道路上的风比风度

在风刮过的时候
城市里树枝招展
荷塘里花枝招展
摩托车上的摩登女郎风姿招展

一些摩托载着吆喝在城市穿梭
一些摩托与道路上的各种车流任意组合

生手与生手交汇
接踵而至，擦肩而过
陌生人与陌生人汇合
摩托车在拥塞道路上疾驰
一些摩托忽左忽右
偶尔也会在一些轿车里
吐出“找死”“混账”之类的咒骂

在摩托飞速而驶的时候
在轰油门的声音撕裂宁静的时候
在发动机尖锐刺耳的时候
在拥挤的车道里载人竞驶的时候

平时少言寡语敦厚实在的行道树
提心吊胆的大气都不敢出

紧张着，害怕又看到摩擦剐蹭
害怕又听到巨大的撞击声
在路上留下一摊
殷红

## · 天楼

在起伏跌宕的群山中
山坳上的寨子里
我的瓦屋，我的旧式瓦屋
我记忆深处瓦屋里的天楼
堂屋正前方檐下乘凉顶上的天楼
藏着痴迷的童趣
藏着憨厚的乡愁

冬暖夏凉的天楼
那羊毛毡子垫起的小铺
厚重土布织成的长被
成了童年暖和的小窝
草芒刺背，果香气畅

天楼
囤箩里盛着苦荞的天楼
壁柜里，分栏存放大豆，玉米，燕麦的天楼
土坛子装满咂酒
酒香味儿让竹竿竿插入坛底痛饮的天楼
青松树做檩子撑起的天楼
蒲扇轻摇驱飞蚊
古歌传唱弥久新

天楼

椽子连着椽子的天楼
青瓦连着青瓦的天楼
穷够了苦够了累够了的天楼
夜里，仰面朝天背向大地
皎洁的月光，鼾声均匀
潺潺溪水，流萤飞动

## · 走到野外去写生

到大自然中间去
那里可以缓解思恋的疼
那里可以暂时忘却纷繁的事
去写生，去描绘共同的作品
把大野的美，把简约的美
写进这方寸之地
让这美，滋养爱情

走到野外去写生
习习凉风刮去心里的难受
灵动晨露湿润别后寂苦
城市的喧哗到了一边去
那恼人的烦恼得到暂时宁静
握着画笔，想着远方的爱人

走到野外去写生
写一个风和日丽的小城
写一座小屋，栖居我和你
为我们栉风沐雨的天地
幸幸福福，甜甜蜜蜜
和和美美牵手

赤脚荒野，到野外去写生
沃野千里，灯火辉煌
拿着画笔，写下春的生机
夏的茂盛，秋的丰硕，冬的绝美
写下聚的腻，别的愁
写下相拥的甜蜜，远离的苦涩

走到野外去写生
画作里雀鸟鸣叫，溪水流淌
远山巍巍，近林摇曳

在高高的山顶上
写着这美好的风景
远在天边的你
那积蓄长久的思恋
不是别的
是大气奢侈的疼

## · 千层底

娘的时光细细磨磨
如织在我鞋底上的线线脑脑
我的千层底，老妈
闲碎时光织成的千层底
你的心语
是麻线青线走过的痕迹
对儿女的
直直套套
不遮不蔽

每下一针，就叮嘱一句
不管刮风下雨
不管下雨天晴
不管霜雪冰凌
每下一针
就揪疼一回
趟过沟沟坎坎
趟过悬崖峭壁
趟过沙砾沼泽
每下一针
就心落于地
看开天上云卷云飞

看开地上花开花谢
看开人情冷暖
淡过尘世得失

一层是柴，一层是米
一层是油，一层是盐
一层有姜，一层有葱
一层有蒜，一层有荽

一层是酸，一层是甜
一层是苦，一层是辣

一层讲仁，一层尊义
一层从礼，一层守信
一层要忠，一层尽孝
一层兄友，一层弟恭

一层要奋斗，一层要坚韧
一层要锤打人生
一层要提升品质

每一层
都絮絮叨叨不厌其烦
哪里有梗梗
那针线就在那扎得更紧
哪里有梁梁

殷红的手印
就在那里

每一天的开始
都会头顶高远的天
都会脚踏厚重的地
每翻开一页
都会认真前行
每前行一步
都有锥心的
疼

## · 高原的早晨

谁家的雄鸡，是哪个寨子的雄鸡
在寅时，天空有了一丝亮光
几乎都做好准备
在太阳的光芒刚刚从黑夜里露出时
开始鸣叫，雄鸡们齐鸣
雄鸡们，用自己的歌，唱开天幕

高原的早晨，在金灿灿的阳光下
忙碌开来，谁都没有例外
金色的天空里，飞着鹰和飞机
山洞里穿越着快速列车
高速公路上刮着清新的风
袅袅薄雾笼着山
一个高原，在金灿灿的阳光下
一切动物和静物，微笑着，精神着
开始了每一天的全新

点缀在高原上的县城
铺满了阳光的柏油路
联结着大山里的乡镇和村子
汽车站和火车站的吆喝
把睡熟的县城叫醒

根植高原土地的植物们，在阳光的照耀下
从夜里走来，由黑变绿
吐着满地氧气

一切，都以喜欢的方式
在高原的早晨沐浴晨光
鹅，身子洁白的鹅
迈着款爷式的步子

黑土地，黄土地
生长着合适自己的庄稼地
往东海往南海的大河小河
没有留恋两岸的风景
穿河谷过峡口撞巨石
按能够前行的速度从不停息
满满的高原，没有什么闲置

高原的早晨，我驱车 150 多公里
到了一个宁静的乡村
一群路过公路到草地的黄牛
一群踏着高原晨光和露水的牛
挡着了车子前行
它们没有听喇叭鸣叫的声音
它们，扇动着耳朵
聆听大地最优美的旋律

## · 沉重的石磨悠缓的歌

童年的家乡，最美的旋律
除了鸡叫狗吠鸟鸣
就是石磨转动的声音
自西向东转的声音，顺时针方向转的声音

石磨转动的声音
起步艰难，中途持续均匀
不紧不慢，性格如推动它的人
什么人推动它，这声音就是什么性格
结尾，如释重后的悠缓之歌
融入宁寂幽寞的乡村
石头与石头交合的歌
有负重碾压的声音
不像文人写的大块文章
凤头猪肚豹尾

乡村里沉重的石磨
和犁耙、镐锄、绳锯一样
是不可缺少的工具
这石磨，即是生产工具又是生活工具
每天都坚持转啊转
累了，息了下来

难免嘀嘀咕咕，磨磨唧唧

乡村里的石磨
是钢火最板扎的顽石打制的
那棱那角，是乡村里最硬的铁匠
用他最称心的铁錾子
一锤子一锤子的敲打出来的
每敲打一回，都会
火星四溅石末横飞
乡村里的石磨
耐磨，经磨，能磨
如推动它不断转动的乡村人

架好身板子，扎好马步子
童年的日子，就从抓牢木制的磨单勾开始
不去转动沉重的石磨
就转不动沉重的人生
下扇磨是不变的人生
上扇磨是易易的世事
抓一把玉米放进磨眼里
舀一勺水泡的大豆放进磨眼里
攫一碗晒干的燕麦放进磨眼里
把一书包一书包的童年和青春
放进磨眼里，转动啊
磨出来的，除了生存
就是酸甜苦辣，五味杂陈
还有沉重的石磨，唱起的悠缓的歌

## ·掘个心塘为你盛月光

不要慌，不要慌
手里再要紧的事
也得先放一放
要乘着黄昏
乘着太阳落山
月亮嵌在天空的时候
赶到山顶上
找一个最美最美的地方
为你，为你掘一个心塘
盛滟滟月光

在傍晚，时针和分针
疾疾走进夜色的高原上
黄昏，金灿灿的阳光渐渐褪去
初夏的圆月早嵌在蓝色的天上

要到密林之中去
寻找最好的地方，掘半亩心塘
为你，存放天穹里静谧的月亮
存放屋檐榭角处剔透玲珑的月亮
存放杜仲树梢上柔润的月亮
存放农家袅袅炊烟拴住的月亮

不慌，不慌
放下手里要紧的事
赶在夜幕彻底落下之前
到高原的清静的山顶上
为你采撷落入林间的月光

要用山野的藤蔓
将一束一束的月光捆扎好
迎着徐徐凉风
寄到你居住的遥远地方

快步赶到山巅之上
用心地里装满清泉的塘
为你盛上盈盈的月光
共享天涯夜色撩人的月亮
为你，寄去洒进林子的清辉
连同山顶的草味和叶香

解除一天的困乏
消解积集心底的郁闷
不再孤独
何来忧伤

## ·金刚的爷爷在春末夏初离世

金刚的爷爷去世前一天
还在终身割舍不得的地里
薅拔杂草，捡拾农具
金刚的爷爷满八十，没病没痛
离开老伴和儿孙
在春末夏初阖然辞世

耕种陡坡
养活五个儿子四个女儿的
陡峭的山地和羊肠子小路
是金刚的爷爷的一生
金刚的叔伯和姑姑们
跟他的爷爷一样，少言寡语
憨厚老实，倔脾气
用一生，战天斗地
岁月消磨他们
他们消磨岁月

金刚的家就在
云贵交界的深山沟里
深山沟沟里头的人家
大都各自为政，狗是看家工具

听得见吆喝，要走到一起
少说也要三四个小时

金刚的爷爷去世的当天
在他家山坳上的鞭炮声
脆生生响起，脆生生的疼
沿着家背后山顶的峁梁梁上，响进天际
沿着下坡的山路，响入大地

在金刚家的山坳上
呼呼刮起的风在动
长竹竿刁起的旌幡在动
与诵读经文的调子一起在动
山坳里的木鱼声，凄婉枯寂
鼓声心彻，埙声肉裂

在省城打工的金刚
驾驶着他刚买的别克轿车
绕过一道道的山梁子
穿越初夏蒙蒙雾气
伤悲的表情低沉的心
在县城补习非要考重点的小弟
擦干眼泪，转了好几次车
急匆匆赶回到家里

在老人离世时家人哭成一片

悲恸之际，山坳上的土制鞭炮
炸走晦气，留下哀思
远乡近邻参与忙活了七天的斋
在立夏后的第二日
在春末夏初离世的金刚的爷爷
安葬在他老屋旁的山脊梁骨下
长着青松树的泥土里

在春末夏初离世的金刚的爷爷
八十个年头的血肉，毛发，骨骼
被葬在他一生耕种看管的土地里
八十个年头的精，气，神
融入到大山里，成就大山的性格

今年，修新坟
来年，草色青

## · 一群鹰，把家安在了天空

鹰的天空是透明的
鹰的目光是透明的，鹰的心是透明的
一群鹰，跨越了矗立的群峰
在峭壁悬崖之上，在理想和现实之间
把家，安在了天空

一群鹰，把家安在了天空
飞越的本身，成了一种生存方式
成了一种生活态度，成了一种生命历程
俯瞰苍茫的云海和大地
成了群鹰们，心性的皈依生命的归宿
把展翅飞翔的动作
留给百鸟朝拜和进贡

一群鹰，把家安在了天空
丽日晴天，亦或阴雨连绵
只要爪子蜷缩于腹部
天空就因鹰而灵动，鹰因天空而自由
这群把家安在天空的鹰
飞到哪里，那里就是他们的天空

群鹰划过天空

喙，啄破天幕
春雨滋润了黄土，阳光催生了翠芽
犀利的目光，洞穿丛林
阴险的长蛇和狡猾的野兔
失去了躲藏之处
羽毛，与风碰触
王者们，就开始翩翩起舞
没有谁会有如此长虹气势
会那样动作优美

一群鹰，把家安在了天空
崖缝中生长的参天古树
汲取了日月精华，储存了星星灵气
成了飞越九天的鹰们
在大地上的驿站

## · 一场刮过城郊的风

这些风，积蓄了很多日子
选择了集中起来的方式，刮
风让自己狂起来
自己把自己刮狂
无以复加的刮
风把风刮成狂风
风让自己疯狂

风有自己的思想
风选择了在郊区刮
刮给农村看
刮给这个城市的中心看
城郊有农村的亲戚
城郊有城市的亲戚
风选择了疯狂的方式
在城郊剧烈地刮

刮得心悸魄动
在公路上穿梭的二轮摩托
倒下的广告牌砸伤其乱窜
房顶设计的花样摆设
被吹倒下来

路旁的行道树
狂风，把肤浅的树连根拔起
劳碌的出租车被砸伤了前壁

狂风是有些脾气
不怒吼是不会叫人心悸的
该给人们清朗天空还是要给的
该毁掉的余孽没有必要让它残存
这风，有好几十年没有刮了
要刮，就不白刮一回
就认认真真地刮一回
免得玷污了刮过的名声

## · 听海

很悠缓
海的声音一波一波
沿着海岸线
向陆地扩展

海的声音
是小提琴的声音
是二胡的声音
是钢琴的声音
是骏马奔腾的声音
是冰雪融化的声音
是花蕾绽开的声音
是云和天空摩擦的声音
是蝴蝶扇动翅膀的声音
是蓝颜色的声音

海的声音
遇上岩礁成了浪花
遇上细沙成了海滩
遇上贝壳成了珍珠

海的声音

是一滴水的声音
是雅鲁藏布江的声音
是横断山脉的声音
嘀嗒
嘀嗒
咚
咚
咚

## · 爨底下

长蛇顺着炎热穿过凉意
蓝天，将阳光梳理好
把最灵性最柔韧最缠绵的那几束
沿着目光看去的方向
透过耸入天空的险峻高山
透过高大树林的叶缝
直接插入爨底下

岁月剥蚀了墙壁
露出了爨底下的骨和筋
瓦檐下挂成长条的玉米棒子
金黄色，成了爨底下人的喜悦心情
穿越了冬寒春冷的太阳
在爨底下，格外热烈
身体之外是一个世界
而心房之内只有一个你
随时叫得人疼

四合院，各自成体的爨底下
虬枝苍劲的古树闲看岁月
升入长天的树梢吐绿扬青
皲裂的树肤见证了

一个村子一个族姓的所有历史
古树有多少岁
爨底下就有多少岁

红底黑字的门联
是爨底下外溢的文明
含蓄内敛的村民把路踩到山外
你从哪里来到这个村子
你将从那里离开这个村子
你是如何来到这个世界的
你将怎样离开这个世界

爨底下，石磨碾碎苦难
家猫看守仓鼠盗食
白天的院落留下了你的足印
夜里的天空弥漫着我的诗句
白天你孤寂有加
夜晚我难眠长夜

## · 马栏

蒙古大草原上的良种马
从远古到中古到近古
一路驰骋到大明王朝
停了下来，无事而为
仅为明清君王狩猎
然后驰到中华民族最危险的时刻
在自己的家园与倭寇
贪婪野性的烈马同期而遇
和自己的将军士兵一道
征战疆场杀戮悍敌
舔锋饮血

座落在山坳上的马栏村
以永垂不朽的精神
把名字和五角星写在高山上
马栏的血性和荣耀
血液和骨髓里的血性和荣耀
一起出生入死的军人的血性和荣耀
一同镶嵌大地

延绵不绝群山里的马栏
断痕残壁还在

子弹呼啸天空的痕迹还在
落后困穷遭受欺凌的教训还在
山路上的马蹄印里
硝烟味和血腥味还在
长啸嘶鸣中
还有枪炮的残余声

马栏里的马
战胜侵略、邪恶后
口衔正义，腹储危机
踏着岁月伏枥待命
驰上山顶，和红日皎月一起
守望中国城乡的
和平与安宁

## · 山路和山歌

山路的走势
是山里人的思维走势
山里人的脾气性格
都写在山路上
狐疑就冷你一生一世
认同就敞开怀抱迎接

山村的文明和故事
走走停停
有苦劳清静
有世俗烦恼

山歌，在入山的路口唱起
到出山的路口停息
喝够了，山泉湿润了喉
每一个山里人都能
把歌唱成三十八个弯
将调唱成九十九道梁

洒落在
山路上的音符
羊咩咩牛哞哞

马咴咴驴嗷嗷
同伴互语
各自成章
一路曲折
一路向上

山歌的味道
有牲口的味道
山里人的都市
车水马龙
华章混响

## · 夜雨在不停地下

夜雨在不停地下
不声不响
不怒不愠地下
直到
把梦打湿

醒来后
听到鸡鸣狗吠
看到天明晓露
柴扉湿润

夜雨
在梦里
细细地下
雨滴
打响着窗外的树叶
落在薄雾轻袅的地上

长出一行行
雨打的足印
和发给你的诗句

## ·高原牧羊人

百草上的露珠
打湿了羊鞭，打湿了羊蹄
咩咩叫声
从村落沿着山路一直叫到天际
遥远的地方
是牧羊人的天堂
羊的天堂

山巅之上的牧羊犬
当了天狗
把月亮吞下去后又吐了出来
天空黑下去后又亮了起来
牧羊犬守望着狼来的地方
草坪悠闲，羊群自由

高原上的牧羊人
羊鞭在天空里一挥
一道闪电，把天幕撕裂
风，拂晓呼啸而过后
红日升空，云蒸霞蔚
羊鞭，再一挥
羊群以白云的姿势

在蓝天上流淌
想躺就躺，想望着远方就望着远方
羊鞭，再一挥
洁白的羊群
成了草长莺飞时节
遥远天际流走的颜色

天幕坠落
羊鞭收起
流云回天
雀鸟归巢
羊毛毡子，披着风
上了牧羊人的肩膀

牧羊人和羊们
寒暄耳语
各自睡去

## ·在篝火燃起的地方

在篝火燃起的地方
春心萌动的小伙子
披上羊毛毡子做的披风
骑着枣红色的马儿
沿着太阳落山的方向
沿着延绵不绝的群山山顶
要去见心爱的姑娘

在篝火燃起的地方
是群山把山撑起来的地方
山有多高，天就有多高
山路有多长，天路就有多长
马背上的情歌
唱在韭菜花开的地方
唱在白云之上

在篝火燃起的地方
是石林长在天上的地方
美丽漂亮的姑娘
穿着新绣的长裙
蹑手蹑脚去会心爱的情郎
要与星星耳语

要与月亮吐衷肠

在篝火燃起的地方
心爱的人儿
翻过了九冲十八岭
来到众山山巅上
动情的山歌唱入九天
优美的舞蹈跳在大地上
弹起彝家三弦琴
沿着乌江流淌的方向
去了远方

在篝火燃起的地方
解下系在肩上的羊毛毡披风
铺在清朗的天空下
垫在湿润的大地上
相拥相依而唱
要唱落星星
要唱落月亮
要唱出朝阳

在篝火燃起的地方
小伙子和姑娘
唱深了长夜
唱烈了咂酒
唱热了身子

唱烫了胸膛

在篝火燃起的地方
是爱情像茅草一样疯长的地方
疲倦了，闹腾够了小伙姑娘
就倒在羊毛毡子铺开的披风上
除了清新的风和过瘾草梗
留下满山羞涩
一地火红

## ·织金马氏紫袍玉雕

马蹄
踏沐唐风宋雨
沿着明清上河的石阶
一路西进一路南下
在黔西北县城织金
落脚

手起刀落
石埃着地
紫袍玉带石
灵光剔透

石头之上
溪水流淌
鹏飞九天
窗开物阔
凤衔灵芝
龙戏沧海

农忙种地
闲暇琢玉

马氏匠人
手提刻刀
生命从泥土里孕育
长在石头上的个性
硬朗豪直

灵感，在石头上
紫气东来，玉带飘腾
一道喀斯特风景
出在眼里，长在手上

## ·四月离去的鱼和绽开的花

一条小金鱼
在透明的玻璃缸里
在世俗与凡尘里
游弋

可爱的小精灵
在四月蹦出鱼缸
离开自由的世界
在干硬的桌面上
用生命为爱作出注释
保持现在，静待未来，默守极限

可爱的小金鱼
活一世，短暂的生命
做一次，传世的哲理

满载着热烈爱情的康乃馨
体态玲珑，斑斓雅洁，端庄大气
带刺的大马士革的野生蔷薇
爱情绽放着
心事，守口如瓶藏在心底
醒悟得太迟的雏菊

精力充沛
每天微笑着
等待着将纯洁的爱
传递给自己的主人

感恩四月离去的小精灵
默祷集中天地人道的花语
凭借它们的灵性
还有什么不能放下
还有哪样不可提起

## · 城市里的机器鸣叫

这个设区的市，机器
在开发区里不停地鸣叫
随操作工人一起
吃了午饭休息后坚持鸣叫

这些鸣叫的机器名字怪怪的
打孔机，挖掘机，搅拌机
和着高标号水泥浆，螺纹钢筋
一起在工地上自由洒脱的发泄
传统手工业，在工地上难觅踪影

灰扑扑的脸，粗糙的手
红头盔，白头盔，蓝头盔
不断在工地上移动
汗渍味儿，与早出的太阳一起
发着曦曦晨光，与晚归的太阳一起
流淌灿灿暮色

这个城市，工地不断地鸣叫
敲打声，履带走动声
发动机声，在工地上混合着
成了这个城市最放肆的杂音

小心翼翼的大型载重车
泥巴不敢洒落在城里的道路上

一个城市的建筑工地
生硬词汇汇聚到吵闹工地上
资本，劳动力市场，股价汇率
土地出让，地租，城市规划
力学，建筑学，光电物理学
血液，汗渍，粗厚的手
这些词汇在工地上不断组合
不断成型

一个城市工地上的鸣叫声
在这个城市清静下来时
这个城市，又拔起了
一簇清新的楼群

## · 海边的树屋

木条子做的屋，长在树上
在苍劲有力的不老松上
长成了一间间的屋
爱，在里面筑起了巢

抓一束阳光进来
捧一缕海风进来
弹一曲涛声进来
搂一捧海滩上的细沙进来
在树屋里安家
树屋里鸟语虫鸣
浅读清唱

树，在往天空生长
屋子也在往天空生长
发着咯吱咯吱的声响
藤蔓里长着禅意
树冠上弥漫着
山寺的课经和木鱼之声

赤脚上树
赤脚走进树屋

那优美身子
长成一根长长的树枝
惦记和念想
在树屋里生疼

北归离开树屋的日子
一片清幽树林
除了倩影
就剩下一地的
落寞和苦寂

## ·一条长河从源头到海

和太阳一起从山顶出发
一束阳光向东升起时
一滴水淌往了浩淼

淙淙细流
流过滑石挤过岩缝
趟过苔痕绿草

一条长河的历史
从远古奔流而来
向远古奔流而去

山岩砥砺，沙砾蹉跎
柔草，随水而生
小鱼，寻罅而戏
生命的一切经历
见证生命的一切

遍体鳞伤的疤痕
任意组合
都是粗犷豪迈的歌
高昂向前的曲

日月相伴，星宿相依
鸡鸣狗吠，柴扉半掩
水淘金沙，浪拍长堤
落日孤雁，天水一色

见证夹岸高山回转
见证丘陵柔和连绵
见证平原纯朴厚实

一头是稀疏村落
经历高远旷野不知怠倦
一头是楼林栉比
抵达低矮博大永不停息

## · 春天走了

昨夜，一场小雨
洒落在庭院里
打落了满树桃花
一地桃红
打落了满树梨花
一地梨白

该来的
自然会来
该走的
还是要走

农夫把自己的春天
种到了地里
板板车把自己的春天
拉到城里
建筑工把自己的春天
灌注在房梁上

风刮来的春天
是被风刮走的
鸟衔来的春天

是被鸟衔走的
花开的春天
是花谢了的

走了的春天
没忘了
留下经过的痕迹

缀满枝头的幼果
是春天离开后
留下的记忆

## · 黄泥巴省道破口布鞋

少年时光里最让家荣光的
是稚嫩的双脚
闲时放家里出门穿上的
露出脚趾头的破口布鞋
上黄泥巴省道
去走晴天一路的灰
去踩雨天满脚的泥

没有堡坎，险象很多的省道
是沧桑高原抹不掉的穷酸记忆
一个村子仅有的一两架马车
几个村子才有的一辆手扶拖拉机
随时都会拉着稀奇古怪事
走村进寨供乡邻嗑叨

扬起鞭子吆喝牲口的声音
是黄泥巴省道最得意的声音
手提摇棒摇动发动拖拉机的动作
是黄泥巴省道最优雅的造型

每个周末
在区上中学读书的乡崽崽
背着红五星帆布书包

踩上黄泥巴省道
把希望背回家中
把叮咛背到学校

不管刮风下雨
不管饥寒温饱
在黄泥巴省道上的破口布鞋
夜里，数着星星走路
陪着月亮回家
白昼，迎着朝霞前进
沐着阳光启程

单衣单裤配着的破口布鞋
是乡下娃娃的典型符号
手里颤颤巍巍的煤油灯
随晨鸡鸣叫时燃起
在子夜老鼠出动时吹灭

翻过一个一个的垭口
越过一道一道的岭子
黄泥巴省道就会
进到省城通到天际
踏实一个个的坑
踩过一个个的洼
破口布鞋
铅华洗尽

## · 弯弯的背架蜿蜒的路

每到秋季收割苞谷草时
搁置在牲口圈楼上的弯背架
尘封再久的弯背架，就派上了用场
先是背柴禾，后是背谷草的背架
刷去背架上的灰尘后
剩下祖上流下来的传说
和　背架上不知年岁的斑痕

这是个离不开背架的村落
这是个离不开背架的人家
罗汉树做筋，青杠树做梁
成了简简单单的背架
就在农忙季节
与镰刀和草织的绳
走上了蜿蜒的山路

一到农忙时节
背负粮草的背架
从山脚到山顶
从山顶到山脚
来来回回，如蚁群般
从天露初晓，到暮色苍茫

在蜿蜒曲折的羊肠山路上
成了一道移动的风景
一头连着村子，一头连着庄稼地

大山小屋，普通人家
家家都有着这弯弯的背架
与芒种一起进地
随小寒一同归家
一家人的希望和温饱
被草绳捆绑在背架上
压着肩膀，贴着脊梁
再艰辛和劳累
几盅老烧酒下肚
再贫贱的日子
也会热烫火辣
躺卧床榻
也会一觉睡到天明

一个堂堂正正的脊梁骨
自幼就是在
蜿蜒崎岖的山路上的背架
十岁不愁，二十不悔
三十而立，四十不惑
五十知天命，六十耳顺
七十古稀，八十耄耋
九十老童，百岁人仙

年轻时腰杆直挺挺的壮汉
上了年纪就开始，弯腰驼背
就成了一副弯背架
在蜿蜒人生路上
成了踯躅前行的弯背架
没了年轻时的快步能飞
多了无数的稳健老成

年纪越大脊梁骨越硬板的乡野人
死后，习惯葬在山顶上
那坚硬的脊梁骨，匍着
成一副伏在山顶的背架
背负着一方水土
繁衍了一方生息
连起，成了逶迤延绵的群山
撑起了山远地偏的乡村天空
让乡村的月亮
初一芽芽，十五圆圆
让乡村的太阳
东山升起，西山落下

## · 牛圈生的遥远山地

牛圈生，生在牛圈里
他的家族就给他取了这个贱名
他的家族都迷信，名贱命不贱
就是刨一辈子土地
鬼不巴魂，病不缠身

牛圈生的遥远山地
是幼年尾随集体的牛捡拾牛粪认识的
大集体里的任何一个人
不分老幼尊卑，只要能劳动的
都要劳动，才会分得工分

年纪小小的牛圈生
为有口饭吃得给集体捡牛粪
两根长木棍和细竹条织成的撮箕
成了牛圈生童年的生产工具

牛圈生的遥远山地
确切说是包产到户才分得的
是在高大大的山的山顶顶上
是在广阔阔的天的天底底脚

牛圈生遥远的山地
被拴在羊肠小道上
离寨子最远，离天最近

这拴山地的羊肠小道
包产到户了
牛粪没在路上
但还有羊蹄子印
还有几千年来的马驮子印
叉巴叉巴的牛蹄子印
和光脚板的人脚趾印

在天的最下面
在山的最上面
在牛圈生遥远的山地里
白天可以伴日出日落
看山腰云卷云舒
晚上伸手可以摸星星
弯腰可以捞水月

农历九十月收获庄稼时
就是牛圈生最得意的日子
他给山神烧香
给土神敬纸
与稷神祈祷
和风神耳语

牛圈生遥远的山地
春天播种
夏天薅割
秋天收获
冬天闲置

贱名贵命的牛圈生
在自己的遥远山地里
习到了牛脾气犟性格
一年到头赤脚板种庄稼
牛圈生习惯了，看风舞雪飞
电闪雷鸣，看清明谷雨
立夏小满，看吐故纳新
降福立德，日出而作，日暮而归

经年久月劳作的牛圈生
坐在地里，歇气裹旱烟
是一幅风干的油画
汗渍味裹着粮食味
站起扶着锄把
吼几个哦嗬
是一尊雕像
风雨依旧
顶天立地

## ·寒食节细雨

在寒食节，和父亲上坟
给已逝的先辈
扫墓，挂青

生活死故
地上地下
一线之隔

一年一度
坟地杂草丛生
生活凌乱如麻
清扫，割除，奠祭
敬酒，敬茶，上香
三跪拜，六作揖，九叩首
默念逝者安息长眠
庇佑子孙

乌蒙山中麓
寒食节
天空清明
细雨洒滴
坟头湿润

坟身湿润
坟尾湿润

心底
流淌起了
一阵又一阵溪泉

内心潮湿
眼眶潮湿
故土潮湿

## · 一只幼象被猎杀

又有一只幼象被猎杀
在地球上被猎杀
在最近的新闻里
喋喋不休，重复着
杀象者的荣耀

象牙，象骨，象角
本来是自自然然的
在人类的文化里
就成了有价值的物了
就成了猎杀的对象了

一个完完全全的象
生命就这样被肢解得七零八落
活的被杀死，杀死了的腐烂
腐烂的，在天地间成了泥土
天地间的泥土
成了贪婪者的领地

一群大象围着这只
被杀伤的幼象
人类的新闻里播放着

象群围护着自己的小象
已经五天以上

子弹，火枪，杀戮
心怀叵测与没节制的私欲
在人类的骨头和血液里
在幼象被猎杀时
谁还相信猎杀幼象的人类
会施救幼象

这个护着被射杀幼象的象群
怎么就野了，就成野象了
这地球本来是所有生物的家园
怎么就因群居在原始森林里
就成了野象了

这是射杀者和被射杀者的家园
这是射杀者和被射杀者的乐土
这是射杀者和被射杀者的天堂
这是射杀者和被射杀者的地狱

一只幼象被猎杀
人类，自欺欺人
人类，自欺欺象
枪声一响，瞬息之间
流血遍地

贪婪遍地
私欲弥漫
生命消逝
越来越强大的人类
越来越只剩下自己

并非只是非洲大草原
在远东地区，在东南亚
在东南亚的原始森林里
一只幼象被猎杀
一架想救幼象的直升机
在天上盘旋了五天
眼睁睁地看着
自己的善良心愿
一分一秒地流逝
被象群撂到一边
睬都不睬
理都不理

## ·走进最深最远的白桦林

牵着手，连着襟
一起，走近白桦林
走近北方的白桦林
走近牡丹江畔的白桦林
走进最深最远的白桦林
走进心爱的白桦林
从遥远的地方而来
向最深的地方而去
那里，存放着我俩的爱情

牵着手，搂着腰
一起，走进我俩的白桦林
逶迤连绵山峦深处的白桦林
这是属于我俩的白桦林
没有喧嚣，幽雅而清静
老虎作证，黑熊作证
驼鹿作证，狍子作证
它们见证了爱的野性

伸出手，敞开怀
一起，走进爱的白桦林
惬意的，清幽的，舒心的白桦林

那里有我俩的爱情
大马哈鱼作证，丹顶鹤作证
野貂作证，它们见证了爱的灵性

牵着手，袒露心
一起，走进爱的白桦林
那里有放松的，期盼的
共鸣的爱情，洁白的桦树皮作证
高耸的桦树干作证，坚韧的桦树芯作证
它们见证了爱的质朴和莲性

牵着手，吻着唇
走向最深最远的白桦林
那里有激越的，昂扬奔放的爱情
走进快意的，亲昵的
恬静的白桦林，徐徐清风作证
缓缓江水作证，它们见证了爱的纯真

这是我俩的白桦林
是最深最远的白桦林
在那里，搭建有爱的小屋子
爱从桦树梢撑起的天外而来
爱从江河流淌的千道弯而来
爱从小路的蜿蜒中而来
爱从向阳的干坡而来
爱从背阴的湿坡而来

爱从苦寒贫贱的盐碱沙地里来
向最深最远的白桦林里而去

走进最深最远的白桦林
那里有我俩的爱情
那爱，思念着白桦林的思念
疼着白桦林的疼，欢快着白桦林的欢快
静谧着白桦林的静谧，摇动着白桦林的摇动
呻吟着白桦林的呻吟
那爱，像天一样的湛蓝
像叶一样的黄熟，像根一样的深沉

在最深最远的白桦林里
那里，有我俩的爱情
那里，有你身上的清香
那里，有我轻微的鼾声
那里，有你仰望星空的明眸
那里，有我抓捏厚土的印痕

那爱，萌萌可爱
和春天一起滋长生气
那爱，青春焕发
和夏天一起葱葱绿绿
那爱，成熟老练
和秋天一起燃烧天际
那爱，纯洁高尚

和冬天一起剔透如玉

牵着手，连着心，一起
从遥远的地方而来
向最深最远的白桦林里而去
那里，有我俩的爱情

## · 北方的胡杨林

这胡杨，长在北方
就成了北方的胡杨林
就一簇一簇的
把北方
一地一地地美起来

这胡杨
长出一棵就是一棵
长出一片就是一林
发芽了，就是一点绿色
成材了，就顶天立地

有胡杨林的地方
就有北方人
那胡杨林的精气神
就是北方人的精气神
就连北方的城市
也跟着直套套，干脆脆
东南西北，清楚明白

这胡杨林的美
是北方的大美

不需曲径通幽
回肠九曲
这胡杨林
和啥一起
啥就美

和沙漠在一起，天空美
曲线柔顺，滑溜细腻
和水在一起，湖泊美
静谧无声，恬淡宁静
和秋天在一起，黄叶美
飘逸洒脱，悠然自得
和商贾在一起，驼队美
生意少了铜板味
丝绸之路，印痕深深

北方的城市
是胡杨的城市
开阖有度
北方的乡村
是胡杨的乡村
棱角分明

露珠长在胡杨林里
就成珍珠
风刮进胡杨林

就成曲子
刮得猛，就是进行曲
刮得缓，就是轻音乐
想怎样刮就怎样刮
那就是交响曲

太阳从胡杨林里升起
又落在胡杨林里
红霞满天
月亮从胡杨林里升起
又落进了胡杨林里
清辉遍地

有胡杨林的地方
就有北方人的村落
就有北方村落的性格
就有北方人气壮山河的豪气
枯死，立着或者倒下
都是一尊雕像
活着，就是一道
有骨有肉气血丰满的
风景

## ·蓝色的大海

浪花叫着，爱抚着
拍打着岩礁
亲吻着漫长的海岸线
不断地漫过，又不断地退回
来来去去的不离开，不远去
腻着，思念着
这浪花守着海的边界
守着蓝色的边界

蓝色的大海把这一切
红珊瑚，海藻，牡蛎
不断地抛出来，又不断地收回去
显露了它们，抛弃了它们
把海风交给椰子林
把诗情画意交给面朝大海撑着雨伞的你
把属于陆地的交给粗野
把属于海洋的交给浩淼

贝，把心事藏在心里
经年久月变成了珍珠
你串起一串贝，你就串起一串珍珠
龟承载着厚厚的壳，将蓝图绘在背上

自己不动，家千年不动，世界千年不动

猥琐霸道的螃蟹，在广袤的天地里
蓝色的海幕下，脚占有的路子再多
可心不正方向偏了
怎么走，也理不上路
世间平与不平的事，显性与隐性的事
都不止是这些，所有这些，于蓝色的大海
仅仅只是一种蓝色

海鸥飞起来，翅膀划着弧线
天空不断地被瓜分然后又不断地合拢
目光看到的，成了它的领地
没有看到的又成了心里的神秘
征服与未征服的
看到的和没有看到的
都是海的蓝色

足印或深或浅，都被这蓝色的海水抹平
沙砾，或粗或细早已无足轻重
世间的人和事都已经不再重要
贪婪和坚守，贫穷和富有
高贵和低贱，都通通变成了浅蓝
这个世界都是蓝的

大海的本色是蓝的，天空蓝着大海的蓝

大海的本性是宁静的，天空宁静着大海的宁静
大海与天空，蓝着对方的蓝
宁静着对方的宁静
大海与天空厮咬着
亲吻着，爱抚着

夜幕把大海的这一切蓝
都淹没，夜里月亮撒播皎洁的清辉
想喧嚣就一起喧嚣
要宁静就共同宁静
清晨，太阳从海底升起
海天一色，要蓝就一起蓝
要紫就一起紫
要红就一起红
要飞就一起飞
要升腾就一起升腾

## ·门头沟的春天

这年的春天
门头沟的桃树
梨树，李树，玉兰树
不管是土著的
还是移民的
不管是哪种开法
都争相着争春
以一种怒放的方式争春

前些年头的胡豆不见了
土蚕去了农村
油菜花去了农村
一些胆大的鸟
在门头沟的林子里飞
还欢快的鸣叫
曾经清澈的水
在这里，人工成蓝滟滟的湖

在门头沟顺手抓拍
春天不仅在你的相机里
还在你的手上
在你迎风的脸庞

在微微的笑容里
春天，遍地都是

门头沟的春天
以步行的速度前行
以车窗后移的风景流逝
随候鸟一起
由南方飞翔到北方
往前行，就飞到燕山山脉
你将更加自由写生春景

这个国度
顶尖级的蝶
把舞姿展示给了张开的花
最勤奋的蜂
把最有力的喙
交给了最丰满的蕊
婀娜的柳枝
把最美的风情
赠与大地

门头沟的花
紫的，红的，蓝的，白的
只要你随便看一朵
你明澈的眸子里
就是一整个春天

自信满满，春意盎然

美丽的门头沟
这个幸福快乐的春天
沟，早已经不见了
可是，门头都在
春天都在，一年四季都在
对王者的爱和疼
你想与不想
都在

## · 三月下起的小雨

一颗一颗的汉字
落在树枝上
就长成了蓓蕾

落在蕾尖上
打湿一个季节

落在心桠
黄花消瘦成相思
彻骨的疼

小雨淅沥沥
落在三月
桃红柳绿鲑鱼肥

三月的小雨
下在北方
南方潮湿

## ·毛竹教鞭

土墙草屋里
毛竹教鞭细长精瘦
长在荒芜，锤打方圆

房顶透亮，羊毛毡做的黑板擦
粉笔灰，沙白的鬓发
边做农活边教书

毛竹教鞭一挥
皮肤生疼，蒙昧生疼
木板生疼，乡村生疼

杈杈木，长板子课桌
每个位置都有毛竹教鞭的脆响

石旮旯里长出的毛竹教鞭
立起　教鞭声尖，翠鸟欢鸣
阴平阳平，上声去声
躺着就是一座桥
躯体瘦弱，骨骼坚硬

插进土里，箐林幽竹
扬到村头，脚拇指露出鞋口的娃崽
就成了一群牧至山野草地的牛羊

土墙草屋的毛竹教鞭
一张一张，蜡刻考卷
一茬一茬，禾谷庄稼
一泼一泼，学崽娃娃
两筐汉字，三箩粪草

洒落村子的，啃啮草根和土地
走进工厂的，咀嚼钢条和工业

## · 法官

牵着獬豸，而来
骑着獬豸，而去
来去
皆是一尊冷峻的神

蒙上双眼
闭上嘴
只用耳朵聆听
沿着事
顺着法
辨明是非
断识曲直

法槌响过
喧嚣宁静
纷争落地

罪恶，贪婪与虚妄
渐行渐远
坎坎坷坷
是是非非
又成了静静的水
直直的尺

## · 护路工人

一个黄褂子
是一棵移动的行道树
来来回回行走
与疾驶穿梭的车流赛跑
为的是雪天，雪不积路
雨季，水不滞潸

理畅帮沟
修筑坍塌
铁铲，锹
工程车，灰手套

护路工人，逢旱
是穿越沙漠的驼群
迎风，是翻越雪山的马帮

一上路
就成了移动的
风景

## ·小时工

不懂全日制，不懂年薪制
我只要我的小时工

我是你的农地
我的小时工

用你的锄，挖我板结
用你的犁，耕我沟壑
用你的镐，铲我杂草
用你的镰，割我日夜

一个小时不见
我杂草丛生
心乱如麻

我的小时工
我是你的书房
一个时不见，乱糟糟的
书，地砖，鞋袜，画笔，颜料，纸
怎么也不顺眼

我的小时工

一个小时不见
心房里空落落的
人，丢了魂儿
失了魄儿
一个天空
不再晴朗

一个小时不见
心尖尖
就要　裂

## · 蜘蛛人

那铁环环，细绳绳
将人，固定在高楼间
固定在天幕上，游曳

织网，断网
把自己系在空中
像鸟，在飞
像蚕，在咀嚼天空的桑叶

抓手蹬脚
天空被格子化
像风卷的旗，像摊开的布
时疏时展，伸伸缩缩
人字和生字
在这里，得到任意书写

在天幕里行走
天幕成了大地
走到哪儿，就将
网织到那里

## · 历史

在我的家里
历史是檐下的石磨
是麦面的香味
是九十四岁的奶奶额上深浅不一的皱纹
是她手上厚厚的老茧
以及咀嚼时光的缺少了牙的瘪嘴
是她听了几十年人语后渐聋了的耳朵

村子的历史
是远去的在十字路口处的符咒
是巫婆和神汉的花哨打扮
是集体公房里锈迹斑斑没被收购的校钟
一些不识字的老汉磕在石头上的旱烟灰和嘴里吐出的唾沫

镇上的历史
是政府整村推进后还没清理完毕的茅屋
是不懂桥梁技术的老镇长
修建没管几年就叫洪水冲垮了的歪歪扭扭的桥墩
是村民们投工投劳修到大山外面的老路
还有原来在半岩上用石灰水刷下
稀疏可辨的大跃进口号

县上的历史，很看不到了
旧城不见了，出门久一点
回家找路已经困难
广播站的破旧喇叭
早已让门卫收捡后卖了

历史是祖先投过来的长矛
与走动的时间一道，从没有停息下来
如一根长长的竹子
要么编年体要么纪传体或族群体
被历史学家用笔雕刻出眼儿
制成箫或笛，吹成他们自己想听的曲

历史是落地的黄叶
是泛滥的水，是丢弃的王位
是写过的诗，鼠须做笔写下的天下第一行书
是失败者被砍下的头颅
是胜利者的得意忘形

历史被手握权杖的人
锤打着，叮叮当当
初衷都是为了一个“好”字
结果确实管不了那么多
情愿或不情愿地
交给了未来

石匠　木匠
棉花匠　铁匠
他们，按照自己的方式
匠心独具，用粗糙的大手
勾画着细密的可以传承的历史

每一天这历史
都被喜欢它的人画了个圈
一个一个无法了却的圈
一个一个重叠了又重叠的圈

在那棵千年银杏树的记忆里
在乌龟背上花纹预示的密码中
历史不是征战杀戮
不是智慧谋略
不是唐诗宋词元曲明清小说
再远点，都记不住了

只觉得历史是生命里的年轮
是屈辱者隐忍者背着的黑锅
只觉得历史是脚下的这片大地
在不分白天黑夜的转
在围着太阳一年一年的转
不管春夏秋冬
不管风电雷鸣
不管成败得失
不管苦乐隐忧地转

## ·一路向东

在花蕾绽开露珠欲滴的时候
把宁静的夜
交给了清晨
我俩，从西边出发
一路向东

太阳起得很早
把金灿灿的阳光
交给移动的树
交给移动的房屋
交给行驶的车流
交给村落周围的山
交给天上的云

一路向东
藏在心房的爱
成了心尖尖上的
疼

## · 生命之锤

你是地底深藏了千万年后
制成的铁锤
现在，要在我心里
深藏千年万年

炉塘火旺
风生火起
我的生命之锤
你煅烧着荒原里的原生矿石
你锤吧，我的锤子
锤去命中杂泥
锤去身上锈迹

把风锤成水
天地锤成乾坤
把愚昧锤成机灵
把雪花锤出六个角

把杜鹃花开的时节锤成三月
把四面八方锤成静态八卦
把征战杀戮锤成历史和殷红的血
把诵读锤成音乐和艺术

把金钱锤成粪土
把政客锤成谎言

在铁和泥土之间
在大河的南北之间
在荷花和来生之间
我的锤，铁锤
把法律锤成锋利的刀
把智慧锤成糊涂

一锤成二
二锤成三
三锤成万物

## · 来生愿做一朵莲

来生愿做一朵莲
命里注定　今生已属于你
我的夫君，我的王者，我的爱人

你叫我想得生疼
你让我思得泪泣
春水皱，夏波清
秋黄熟，冬洁静

今生纵然叶枯花尽
思念的根
植于天地

来生愿做一朵莲
为你生生不灭
为你紫，为你黄，为你红
为你蓝，为你白

载你今生
承你来世
为你离诸污染
为你心性柔顺

为你成熟清净

来生愿做一朵莲
为你巍峨，为你辽阔
为你高远，为你和乐柔软
为你宽悦不涩

来生
愿做一朵莲
今生
早已成
莲子

## · 母亲

母亲姓蔡
用她的话说她是菜籽命
三岁不到外婆就离开人世
外公会常常腰别斧头防恶人
到几十里外
寻找粮食济命度日

母亲口头的谚语是
“千年的鱼种，万年的菜籽”
她的菜籽命
洒落到贫瘠地
苦寒之地
会生生不息

母亲扁担大的“一”字都不识
她不要我们光宗耀祖
只要我们进城钻厕所能分男女
她的唠叨与地里盐渍味的汗珠
伴她一生
母亲苦劳之疾
是我永远的心病

母亲的荣耀

是母亲的艰辛
母亲的财富
是她额头的皱纹
母亲的美丽
是她手里的茧皮和发白的鬓丝
我的少年
是她苦劳数十天挣来四五元钱
做了我一周中学的生活费

母亲的日子
就是一沟一沟的苞谷地
就是一行一行的洋芋花
就是一篓一篓的黄豆角
就是儿时犯事时
高高举起的荆棘条子轻轻的落下
家里光滑的铁锄头与镐刀
在母亲地里磨出来铁气和骨气

母亲的往事
是饥荒年景里的罗汉树根榛子叶
家里的箩筐装不完
母亲心性的皈依
是她踏了千万遍的崎岖山路
种了一年又一年的菜地
是母亲的呢喃

每次回到家里
母亲栽种的清水煮熟的青菜
最甜最甜
那淡淡的菜汤
是她菜籽命里淌出来的奶汁
滋我贫贱
育我生命

## · 独坐虎踞山

枯树鸟无巢，
风疏黄叶尽。
啾啾飞声过，
又见青丝槁。

## · 后女在南

北方有霾色，
后女在南飞。
不日沐椰风，
拂起额青丝。
冬去春将至，
清新沁心脾。
时人不知痛，
心属黔西北。

## ·倚栏

秀发独倚栏，
山茶各自开。
时值数九至，
不顾瘦雨雪。

## ·翠影

翠影红霞映朝日，
年节时近恨长天。
墨迹淡景山衬水，
新春缓至隆冬迟。

## · 游南山寺

（一）

虬枝古树路旁，牵牛水仙绽放。
竹林清新相拥，绿叶翠滴苍穹。

（二）

闲来漫步古阶，轻快韵律独步。
木鱼声声相连，椰林佛性是缘。

（三）

绿树红花枯石，佛笑千年隐匿。
南山百草春至，钟声浪头相应。

（四）

琼海黔山两地，相恋两心依依。
夜暖爱融孤帘，庇佑佳人长情。

（五）

僧俗同唱大悲，山寺处处盘若。
最喜红颜惬意，诗画天地同一。

（六）

竹扫尘埃净土，去岁除却苦事。
芽月山峦初上，新生启航自兹。

（七）

游遍环岛诸景，立春分秒如金。
浪花退去又临，逝去心境空虚。

## · 把件

你握了千年万年
在我手里感受到

紧张的心跳
热烈的体温
闭目的深吻
伴我孤寂
侣我自胜
鼓人精气
励人倍奋

这透着汗香味的把件
别离的所有日子
成了心结
牵着手
钩着魂

## · 两个缸里的鱼

两个缸里的鱼
一条红的　一条墨黑
自由地游弋

透明玻璃缸里游弋的鱼
彼此看着
彼此想着
因透明的玻璃
不能在一起

两个缸里的鱼
孤独的鱼
不能在一起
就像我和你

同饮一缸水
同听一首曲

## · 美丽的西港

你和你的友人
是何时来到这个美丽的地方
柬埔寨金边的这个海港
因战乱而称为“磅逊”的港
因和平而称为“西哈努克”的港

海面是蓝色的
天空是蓝色的
蓝着恬淡，蓝着清新
金黄和海蓝是这里不变的底色

太阳出海或太阳落海
棕榈树叶上长着阳光
木质条型躺椅上长满阳光
荡漾着波纹的海平面长满了阳光
西哈努克港的世界
金灿灿的，铺满金光

三三两两的游人
他们享受阳光和沙滩
享受着生活
享受着宁静和谧美

裸露着身子秀着性感的男女
在蘑菇形茅庵下举杯的啤酒是诗意的
黝黑金黄的皮肤是诗意的
丰满的臀和优美的线条是诗意的
红日下闲曳在海面上的船是诗意的
吹动海面的微风是诗意的
就连赤脚踩到的沙子也是诗意的

美丽的西港
因为灵性和爱
一切都有了佛性
一切都泡在禅意里
一切都徜徉在诗海中

## ·相恋去南方

从北向南
沿着寒冷褪尽的方向
走进南方
从腊月出发
思念与挂牵一路向南
一起，向着广袤无垠的温暖进发

你的脚步快起来了
以高速列车的速度
冲破腊月的寒气
在火热的中国年节中
走进了南方的家

面向大海，不冷不热
仰望天空，不浮躁也不懈怠
你内心的淡定与从容
就是那大海的蓝
你背影里影藏的福态和娇美
就是那天空的浅蓝
这时的爱啊
不祈热烈只求久远

冬天院子里绽放的三角梅
一瓣海边
一瓣惦东北
一瓣想西南
一角是亲情
一角是友谊
一角是苦恋

新春的寺庙里
没有特朗普的胡侃
只有　夜的宁静
和钟声辞旧而去迎新而临
只知道离海最近的地方
佛性，以最虔诚的方式
凝固成了矗立的南海观音神像

那浪花，轻轻的呼唤着
拍打着岸
拍打着沙
拍打着你内心难以启齿的疼
那浪花，不断地来回着
打湿着你的脚趾
打湿着你的心田
你的爱　蔓延

南方的春绿，北方的冬白，是纯洁的

静美沉稳的湖，摇曳的白头草，是纯洁的
尖峰岭的云，远山淡淡的雾，也是纯洁的
一个年节，在喧嚣之余变得格外静美

一起携手
从高雅走向世俗
从世俗走进高雅
相拥相吻相依相偎
踏着厚重大地
相互搀扶，手牵着手，心贴着心
让守望多年相逢的人儿
走向远方，直到
浓缩为一点
化为久远

## · 爱情是什么

爱情是什么
是青山连着青山，是碧水连着碧水

爱情是什么
是天涯升起的明月，是千里共有的婵娟

爱情是什么
是花的绽开，蜂的酣梦，蝶的翩舞

爱情是什么
是画家画的画，是诗人写的诗
是画中的诗，是诗里的画

爱情是什么
是聚时，腻着
是别后，念挂

爱情是什么啊
是想见不能见

## ·正月，北京的风和雪

前天，北京刮起了风
很大的风
确切地说是春风
刮了两天了
为了把霾刮走
把污浊的灰尘和那些树上没死的害虫
刮走

这春风从北边刮来
这春风从东边刮来
这春风从西边刮来
这春风从南边刮来
这春风从九天刮来
这春风从厚土刮来

这春风一刮
老百姓心里刮得暖呼呼的
刮的大地痒酥酥的
北京的春风就像北方人的性格
说刮就刮，要刮多猛就刮多猛

被霾折腾够了的北京

这春风，不管是在三环五环
不管是城区还是农村
说刮就刮，干干脆脆
一点儿也不客气
讲不了那么多繁文缛节

北京的春风还是为了下一场春雪刮的
一场说下就下的春雪
一场下了两天没有停的春雪
看大街小巷乡村小道
在春雪里行走的人们的表情
你就知道他们心里的喜悦

这是一场春风刮来的很美的春雪
透骨的冷充满了无穷的生机
在密云，在东城，西城
在八达岭内外，在香山山顶
在颐和园，在故宫
在康辛路　在南四环
都下起了清新脱俗的春雪
飘飘扬扬，窸窸窣窣
是自由的舞蹈
是苍穹的旋律

北京的春风在洒脱地刮

所到处，就是生机
北京的春雪在自由的下
融化了，湿润着脚下大地

## · 枯萎的日子已经过去

雨水之后的第三天
我看到明媚阳光的时候
确信了
枯萎的日子已经过去

之前四脚蛇穿过了严寒
在高原的山地眨动着探视的眼睛
大叶兰草，青色不减
长出蕾绽着花
野鸭子在明静的湖面
寻找自己靓丽的身影

在中国人炮仗冲天的节日后
我看到市容工人三三两两　或黄昏或夜里
挖掘街道上数万元一株的行道树
没栽下几年不知产地的法国梧桐
像是要与春天一起绿化城市
一起以换栽树木的方式
迎接着春天

在高原的季节河道
流淌的生命属于夏天

葱绿的时光属于夏天
此刻　一些存着绿意的水塘
慵懒地躺在河道里
等待着雨水的冲泻

雨水过后的日子
北国没有冰封
书房里画画儿累了的人儿
戴着耳麦
在虬枝嶙峋树下踏春

阳光不再冷酷的时候
小城里的吆喝与叫卖声
就在路的两边或者门店里
欢唱起来
充斥着
一个小城的春天

这个时候
我再次确信
法国梧桐树上挂着黄叶
枯萎的日子已经过去
新生命渐渐泛青

## · 玉兰花

玉兰花开了
以挂满枝头的方式开
在北方小镇的街巷
与其他花儿一道
选择合适的时机
装点这个小镇的春天

玉兰花儿开了
看看，她开的颜色
如她平时的打扮
白得典雅
紫得高贵
红得羞涩
穿什么，什么好看

玉兰花开了
听听笑声
多么的爽朗
看看心地
何等无邪

玉兰花

与春鸟的鸣叫
一同到来的玉兰花
一朵一朵的蕾
挂在枝头
一个昼夜绽痛一次
美丽漂亮的玉兰花
月亮升起
心房闭着
朝阳出山
快乐开启
独处的玉兰花
那露珠
是俩人的爱情

## · 醉了

我不知道这是第几次醉了
不知道是什么让我醉了

这酒，醉了很多英雄
把英雄醉得血脉贲张

这酒，醉了很多美人
人面桃花

整个文字
都昏头昏脑的

杜康造的酒
本来就是那些煮熟的玉米或小麦
怎么一下子就醉了人了呢

生活就这样喜欢不断发酵
与酒神有关的句子
总爱成为华章

龌龊的字或词
总是有一股股的酒气

诗歌，也跟着
变得酒气熏人

所有关于戒酒的誓言
因为酒醉了而变得没有任何意义

没有什么可以解开心结
没有什么可以破解宿命

当诗神遇上了酒神
酒，再烈也变成了诗
诗，再短也能醉人

## · 你在三月画莲

你在佛前许下诺言
来生愿做一朵莲
一朵佛前莲
你在三月画莲

构图，皴擦
上色，渲染

你在三月画莲
独处修心，远离名利
不为别的，只为来世
在佛前静守青灯
诵读经课无欲修为

一月生磐若
二月酿精气
三月构筋骨
四月筑荷魂
五月涨塘水添新泥
六月露花蕾立蜻蜓
七八月绽放
九月喜苦得乐

十月成熟凋谢
冬月闭目养神
腊月别尘世去来生

你在三月画莲
寺庙里晨钟响起
暮鼓雷动
木鱼轻敲

那莲
已不再随风摇曳

画神
你洁静如莲
余味袅袅
身香似檀

## ·这个城市刮起了风

这个城市刮起了风
肆无忌惮地刮
不分白天黑夜地刮

刮就刮吧，这是风的天性
这是城市的天性

要让一个城市葱绿
就必须把树上的枯叶刮落
要让一个城市现出生气
就必须吹皱塘里的积水
要让一个城市凉爽
就必须刮去它的燥热

这个时候　会闻到浑浊的气味
会有黄沙遮挡双眼
会有寒气裹胁着身子

这个城市刮起了风
孤寂的人儿在长夜里挑灯写意
这风刮着树木，这风刮着门窗
这风刮着天空，这风刮着大地

这风啊！厮咬着
这风，疯狂的刮着风

在旷野中刮，在房林里刮
在河畔上刮，在山坳上刮
刮痛往事，刮痛着你的心
刮走多年来笼罩心里的阴霾
刮飞无数尘埃和飘屑

狂风之后，这个城市
及这个城市的你和我
随即阳光起来，快乐起来
宁静而清新起来

立春之后的黑土地
这个城市的风
出了一个全新的春

## · 你是我的冬天

春天已经到了很多时日
我还是喜欢冬天
喜欢我心爱的冬天

不能轻声呼唤你的名字
不能和你耳鬓厮语
只有，在躁动杂乱的初春
以爱冬天的形式，爱着你

亲爱的，春天的美
不仅万物之灵在复苏
新生命在开始
但我，更爱冬天
更喜欢你为思考皱起的眉
更喜欢你率性的衣装
更喜欢你抿嘴的微笑
你是我的冬天

在这个时候
我爱着我的冬天
没有别的寓意
只因我，深爱童话般的冬天

只因我，深爱着儿歌里的冬天
只因我，深爱着梦幻中的冬天

爱着大地的洁白
爱着严寒里争妍的梅
爱着寒风凛冽中的松
爱着冰封后牡丹江里的鲜鱼儿
爱着冬天父母围炉给我的温暖和滋养一生的爱
爱着雪地里狗撬划过的痕迹
爱着你呀！我的冬天

我是宁古塔走出来的美人儿
我是黑土地里长出的美人儿
我是爸妈疼腻的美人儿
我是雪地里被寒风刮走了俗气的美人儿
我是琴棋书画兼爱的美人儿
我是你心爱的美人儿
我是你流淌着贵族血液的美人儿

你是我的冬天
我爱你，我爱着你
我爱你发际间的凌花花
我爱你厚厚嘴唇上哈着的热气气
我爱你身处喧嚣世界的那份宁静
我爱你人生长河里坚守的纯真
我爱你磨砺苦难后没忘初心

我爱你从容而来淡定前去
我爱着你冷到心底的爽
我爱你呀
北方的雪
我的美好的冬天

你是我的冬天啊
我爱着你
太阳去了南方
去了中国的南方
去了地球的南方
在所有思念的日子里
我愿意融化在你热烈的心里
你就是我的太阳
你就是我的冬天

## · 雨中，一个人的大海

你的海南
你的博鳌花园
在黑夜和白天交替的时候
下起了雨

一场以爱开头的雨
一场以神性交合的雨

在春天
在你渴望已久的春雨里
永不停息的海
拍打着岩礁

雨中，你长着春花的丛林
你的小径，你的栅栏稀疏
木履交错的印痕
你的长于树上的小屋
上了亮漆的亭榭

雨中，一个人的大海
一个人的琴棋书画
一个人的歌管楼台

一个人的秋千落园
一个人的迎春花儿
一个人的初春绿叶

一个人的都市
一个人的黔西北
雨中，一个人的大海
鬓发上的雨水
凝固为思念长芽的日子

在浪花轻吻沙滩的时候
你的心
早已一片潮湿
远方成了一片茫茫的
惦记

## · 紫砂壶

每一个夜晚
面朝苍天
读着天空的文字
藏着月亮和星星的心事
静静的数着日子
忘记了身上的印痕

来自于大地
来自于斗转星移
来自于亿万年的积压
来自于上千度的烧制
来自于巧匠的心仪
来自于云来云去
来自于尘来尘往
来自于微雨花间的徘徊
来自于不言不语
聆听禅音

我看到我的主人
朝至晚归
他对我平淡无欲

他把我举起来时
唯一可做的就是给他一杯
有着茶香味的热水
我知道我的主人喜噬绿茶
我为他守口如瓶
这就是我的人生
每一天清晨
我都等着他的来临
和我
对眸
低语

只要抿上一口
注定一生佛性

## ·哑女

4

拥有的美丽
可以打动艳丽的花丛
拥有的财富
可以让贪婪的身影献媚

风和雨
都代表了一种姿态
或者说
是高音的嗓门

5

哑女
我不想追溯你的过去
我在默默为你怜惜
为你不能说话
不能……

我的灵魂委蛇于尘事
让无知和浅薄占据
口出狂言
把你看成残缺的人

人残志不残吗?
不是

就让灵魂来说话呀
它可以走到你的世界
可以比拟，可以想象，可以参与
可以去感受你做的一切
所以，你还有什么不能呢?

**6**

你的世界一片完美
有爹娘有伙伴有蜂蜜
有站在大地上凝视着的岩石
还有男人
还有你雄性十足男人

**7**

水在地表流动
以小聚大，汇少成多
从汇聚中
滴水到溪流到大河到江海
运行着　珣丽

那些璀璨的浪花
它们发出的声音
让这浪花更加珣丽

更加有生命力
更加有诗意

浪花啊
你多美丽
你美如哑女
你怎么在这个世界上也默然了
目睹无声的风景

8
爱神的力量是强大的
清贫、落后、愚昧
大机器、电脑、宇宙飞船
都难以让生命长存
让爱神驻足的
她的意志胜过风
无孔不入
她的意念胜过水
矢志不渝

爱神没有忘记哑女
哑女啊
你怎么长的这般俊美

9
青青的草在长

有的长出了籽
有的开出了花
有的让人采割践踏
那生命力在地上
一枝一丫的
表现着平凡平淡
在渺小中生存

伟大呀！哑女
你怎能不说话？

10
这个世界为什么会如此美丽
为什么这般珣丽多彩
哑女的天地美妙绝伦
人们发出无声的疑问
生命深处的灿烂到底在哪里

太阳之神从天而降
她的光芒赤橙红绿青靛紫
这个世界诞生珣丽

雨后，彩虹在表白

11
在金钱充斥的季节

人们感悟它的热烈与冰凉
感悟它的残忍与柔情
感悟它的丑陋与美丽

金钱如飞流的瀑水
金钱如九天流淌的星河
牛郎织女少了七月七
牛郎织女少了凝眸对视

金钱轰隆隆作响
让这个世界振聋发聩
每个人都在陷阱里
每个人都在罪恶中

哑女
什么也没有听到
只觉得，很多人在为金钱发疯
或木偶，或僵尸

12
我要一鼓作气
我要坚持
哑女说

那些在河边浣衣的女子
上游漂来美丽的花时

你有什么话说呀
倒影于水里的花
同样美丽
鱼儿尾随着，以娇小的嘴轻吻着
可是，你的身影黑乎乎的
立于河畔
无所作为

哑女，你的美丽
就在那漂流的花瓣上
逐水飘零

13

雷电，你闪吧
我要看你炯炯有神的目光
我要看你雷厉风行的性格
我要看你的勇敢和坚强
我要看你和邪恶斗争

是人，会哭泣
如歌如诉
你会把握自然的脉搏
你是一尊有血有肉的神
在天庭之外
人们目睹了阴霾的冷凝
那里没有黑夜

说话呀！沉默有何意义

“轰隆隆”，“轰隆隆”

14
轻飘飘的雪花
那是天空逼下来的
每个方向都棱角分明
眼睛里，含着怒气
风吹舞的天空
雪花飘飘扬扬

谁说她无忧无虑
表露出来
又能乞得谁的怜悯

大地低下卑谦
心里却热乎乎的
给了她永生
给了她长久拥抱禅语的机会

15
回顾过去
回顾经历的悲愤
回顾……

巧言令辞可以给人带来虚无的幸运
但无数的烦恼和忧愁
皆是因为人的言语
哑女，那滔滔不绝的罪恶
可是如此？

主管哑女的神沉默
如哑女一样
假使我们不问她
她眼睛里说出的话呀
会给我们最好的回音

16
剥开那勉强遮风避雨的外衣
裸露出了自我和自私

无望、穷困、病魔
还有赤条条的躯体
它曾经因哑女的沉默
藐视哑女
生命里难得的精气啊
有什么可以告慰麻木和无知

不该狂妄自大
不该自欺欺人
不该躲躲闪闪

不该在暴风雨来临的时候
藏头缩尾

17
天外的天啊
那里可有哑神?
难道在哑神的眼里
会说话的人才是哑巴
你爱对谁诉衷肠

18
多舌给我们带来了苦头
静默可以医治带血的伤口

泥土在干裂
张口木讷
在呼唤、在祈祷、在等待
在跪求神的恩赐

无声无息的语言
渗透于广袤无垠的田野
大裂谷，你可知道
大地的精气
是母性的血液
谁能够医治伤痛

19

哑女的眼神里
她的声音在击破耳膜
她的静美偏瘦
她娴熟的手
一劳动，就能如歌如诉

手说：
我是一流的演讲者

20

春风在阡陌上寻找失去的人
东来西往，南来北往
泥土的芬芳因汗水更加醇香
化雪解冻时
孩子们，春天来了

兮兮啐啐的声音
在地面冒泡
哑女的手
长出生机

21

柳枝吐绿
别冬迎春
声音在风的呼唤下

如鞭炮，似火焚
整个枯萎受伤的天地

绿绿的，绿绿的小蕾
长着爱意

22
鱼儿在水里游弋
蜜蜂觅着花香
雀鸟在林子里觅偶
绝美的爱情就要开始了
把嘴闭上，把眼擦亮
爱神在春意萌动之际
风流倜傥

花开了，花开时
蜜蜂在蕊里做着酣梦

23
田野花香
山峦绿妆
茸茸的盎然春意
遍布黄绿交错的地块
丛林蓬生的沟壑
兀立的山，弥漫着诗和远方

哑女的世界
下起了毛毛细雨
惬意在她的心底荡漾

歌唱春天
春天带来了娇滴滴嫩生生的爱

24
追索爱情
有谁诡秘？有谁纯真？
那些烙上文明印记的蛮荒岁月
蚕虫渔凫开国时的群婚
没有羞意

没有语言的甜蜜爱情
不要语言也有甜蜜爱情

25
大海沉默
静美的大海
红日出，明月生
哑女的爱情
就藏于这静美
苦语灿烂，绵长恢弘

哑女的爱

夜里波澜壮阔
哑女的爱
峰峦如聚
海风吹拂
哑女的秀发
散发着花的清香

26
这个世界不是太纯正
渣子及污浊会填塞耳朵
沤发的臭气
会损耗精血

农家肥，大自然的灵气
再瘦弱的种子
也会在哑女的心地里春华秋实

相思豆在谁的心里
会生出痛来

27
饥饿、灾荒、苦难
与良籽结为一体
磨砺着优秀的生命

灵魂升天

附于天上的云
灵气集于哑女之体
为她蔽日
沃制肥泥滋养枝叶

哑女不蔓不枝
根，生在爱她男人的心底

28

眺望远方
迷蒙的不再是景物
还有眼睛
慵懒的双脚
倘使不断前行
就是秀美的沃土

山外面的山啊
为何如此重重叠叠伏于大地
来势猛猛，去得缓缓

29

高原的夜空
明澈的月亮伴有璀璨的星
伸向远方的欲望
低吟这世道的厚重与浓烈

是谁在寻找钥匙打开长夜之门？
只要长夜褪去
她自然会开启
光明当然会钻进一片天地
树影会消失，房屋会清晰

30
暗藏于地底的河
默默地淌
它的律动只有大地才听得明白
有什么理由诘问她的不语

31
果子挂满四月
青的红的黄熟的
因为阳光轻吻
或早熟，或青涩
花儿在谢，她为所育而谢
密实日子
让生命结出的果实熟透

哑女，你凋谢时
你的果子可是挂满树枝？

32
哑女，上身着红呢子衣服的哑女

你从少年走进青年
你的大山一脉脉浮现
托起炫红的太阳照彻心扉
你的身子羞涩起来
不再冷凝，暖流涌动
你的世界大红起来
美丽的青春
从稚嫩开始

33
哑女，把你的眼睛闭上
感受洪荒滚滚而来的声音
堵不住的爱潮涌动

哑女，把你的眼睁开
你看，每个青年都洋溢着爱意

34
别人说话时
不要哭泣
好好感悟另一个世界的旋律
同样的，你最先知道母亲分娩的剧烈疼痛

父母为女儿不语悲戚
（哑女的世界同样精彩，同样惬意纯真）
每个人的日子都在流逝

或缺或盈，或暗或明

35

雷电穿越九天
节气长满农谚
土生土长的命，雷鸣而醒
白猪黑羊花猫枣色马
它们聆听天神之语，它们不敢懈怠
只为少些愚钝

要耕种就耕种
该收获就收获
当点缀就点缀

哑女，聆听着大自然的教诲
哑女先天聪慧
自然之音对她格外亲近

36

夏天的潮水在涌动
驾驭潮动的彪悍水手
黝黑的肤色透着坚毅

浮在水面的或沉于水底的
都有优美的风景
翻阅季节深处和生命深处的年轮

回味岁月留下的滋味

37
哑女，你在高原河畔浣衣
鹅卵石亲吻你赤裸的脚趾
水里的苦与乐
都在记忆里定格
对爱，对恨
百般憧憬
清幽的水是哑女明澈的人生
还有滑腻绿苔
皈依河堤

38
蓓蕾在绽放，一丫丫的
在无声无息的舒展中
小花轻轻地开，嫩绿的叶片
抚摸着蓓蕾的颈

哑女的夜
在静静地开

39
乌云从东
乌云从西
从南山北坡

一笼一笼地覆盖过来
遮蔽这片与哑女依依相连的土地

天神，在发情或产崽
乌云蒙住了我们的眼睛
日子都快过不下去了
有什么不可以猜测

40

瑟缩的风
刮不走一个冬天

沉默寡言的风景
聚合着力

野鸭子，想把春天用蹼划过来
要划过一片春意
然后，又把春天用蹼划过去

二月的桃花
忘记严冬的苦涩
把苦涩咽在心底
把美丽献给人间

一花独放不是春
梨树、杏树

一些叫不出名的
还有哑女
一起有了自己的春

41
七月的雷在哑女的脸上响过
一场又一场的倾盆大雨
从头顶倾泻，铅华洗尽

水灵灵的哑女
在空旷的天下跑马
风拂秀发，红晕私语

42
时光填充浑噩，勤奋劳苦充饥
打砖、土法烧锌、繁重活
黑黢黢的煤窑洞
生命该经历的都会经历

43
哑女啊！同龄的姊妹
有谁会虔诚忏悔
有谁意识低下、麻木、自私
有谁垂头丧气，有谁兴奋不已

44
上苍会饶恕人们的随心所欲吗
超越道德底线的冤孽
蔚蓝天空你能包容吗？
浩淼大海你能原谅吗？

天空飘过白云，大海卷起风浪
厚土之腹，无言忧思

45
优美的线条
起伏的峰峦
冰肌玉肤

46
世上有什么最宝贵？健康和知识
世上有什么最优美？健康和知识

47
拥有的一个时代，虚度的是流逝光阴
耗费的是生命，不愿正视的
是别人难看的脸色

没有理由蔑视一切
没有理由指责不语

48

秋露的夜
无悔为清晨献身

霜啊！铺白大地
为无声的月光献上贞节

49

谁说寒碜的日子没有爱情
是爱的力量温暖了内心

蝴蝶飞舞，庄子做梦
各行其是，悠然自得

50

富丽堂皇的景物
充斥着欺骗、谎言、麻木
我不苟同俗气的偏爱
只求静言无语

53

在沉默中死亡
在沉默中永生

56

闭上眼睛，浮动往事

用泪洗却面部斑渍

57

哑女，你爱情浓烈的地方
长满了相思

丁酉年午月整理 1993 年的文稿。
因此稿被鼠食部分，留下残缺，故将可见内容留存。

# 后记

一直想说一些话，没机会，一直没说。这次，借诗歌集《细雨霏霏》出版之际，把这些话说出来。

这些话当然是感恩的话，这些话，因为这个诗集而永远存于今后的所有时间，因为这个诗集而永远存于天地。这些话通俗平常没有功利干净如水，这些话因为缪斯恩赐不再俗气，富有诗意。

体发肌肤受之于父母。父母的养育之恩，这是不能言谢的，他们已进入垂暮之年，在他们有生之年，我将继续在紧张繁忙的工作之余回老家去陪陪他们。那里除了父母，还有我的其他亲人、亲友、亲情。有我节衣缩食的童年，充满理想主义的童年，柔弱倔犟坚韧的童年。这话，我要把它说出来。

感谢我的老师们，他们在长板子搭的课桌上用竹条做的教鞭指着黑板，一个字一个字地教他的学生们，教句子结构，哪些字是多余的，哪些字是必需的，他们虽身处穷乡僻壤，但身教和言教并行。感谢贵州省威宁县二塘中学的同学们，在那个时代，一起死记硬背法律常识课，种下了法治、自由、平等的种子，这些同学随时都会有啥说啥幸福开心。感谢中专时代的同学们，那个时候基本树立了自己的人生观、世界观、价值观，还记得穿着裂口反梆皮鞋已经离世的老校长的教诲，及毕业后他写给我的长达五页让我黯然泪流的书信。感谢曾经工作过的贵州西部三县交界的木块村老百姓，在那里每周六天的工作使我知道了农谚“不走高山认不得平地，不吃荞麦认不得粗细”的深刻含义，知道贫困地区极贫村落里人类生命力的强大，感受到卢梭笔下《论人类不平等的起源》中的相关论述，是那里的人们教着我面对恶劣环境乐观积极。

感谢好友吴永亮、张恩泽、张志成、杨东明、王越、梁诚轩、林超、刘国彬、王文多、梅笛、杨程翔、焦元玉、杨华、蔡国俊、卓然、贺雅丽、张湘崎。

感谢李胜光伯伯。

感谢北京人文在线编辑范继义老师。

感谢我的领导和同事们。

感谢其他好友和打开这个诗歌集子阅读的读者朋友们！是你们让我欣喜地看到自己的愚钝和无知，是你们让我不断地提高对诗意的感悟能力，是你们发现和指出了诗集的缺陷和不足，让我找到诗歌走进大众存在的差距，是你们让我拾掇起信心和勇气，给了我点化和鼓励，继续前行。

最后，感谢在烈日炎炎树荫下，戴着老花镜读我的诗歌的八十多岁的邓新吾老伯，他在任何时候都给我精神动力和帮助，解放战争和抗美援朝他都参加过，他是一名意志坚定信念不改初心不变的普通共产党员，他现在还用他的精神和力量与乡亲们一起决战贫困。

这一切感谢都是由与我一路同行的妻子陆昆韵、孩子田丰稷的名义共同做出的。